판사의 언어,
판결의 속살

판사의 언어, 판결의 속살

손호영 지음

판사란
무엇이며,
판결이란
무엇인가?

동아시아

일러두기

1 책의 내용은 개인 의견의 표명으로, 소속 기관의 공식적 견해가 아니다.
2 단행본은 『 』, 신문과 정기간행물은 《 》, 논문은 「 」, 방송이나 영화는 〈 〉, 기사명은 " "로 구분했다. 국내 문헌은 이 약물을 따랐으며, 국외 문헌은 단행본·저널은 이탤릭체로, 논문·보고서는 ' '로 구분했다.
3 독자의 이해를 돕기 위해 주요 개념이나 한글만으로 뜻을 이해하기 힘든 용어의 경우에는 원어나 한자를 병기했다.
4 본문에서 인용한 판결과 문헌은 각주로 출처를 밝혀두었다.

추천의 글

장일호
《시사IN》 기자, 『슬픔의 방문』 저자

세상이 나아진다는 건 어떤 의미일까. 각자의 자리에서 손호영처럼 자기 일을 보다 더 잘하기 위해 애쓰는 사람이 많아지는 거라고, 나는 생각한다. 『판사의 언어, 판결의 속살』의 페이지마다 자기 일에 대한 사랑과 책임, 자부와 두려움이 단정하게 깃들어 있다. 법은 시대를 앞장서지 않지만, 성실히 뒤따른다. 그래서 법의 한계는 시대의 한계이다. 동시에 그 시대의 최전선이 어디인지도 보여준다. 판사 손호영은 법의 한계를 감내하는 동시에 그 가장자리를 넓히기 위한 '새로고침'을 게을리하지 않는다. 성실과 다정으로 벼려온 법의 쓸모가 선물처럼 도착했다.

유형웅

판사, 제27회 한국법학원 법학논문상 수상자

판사는 판결로만 말하고 또 자기가 쓴 판결로 남는 사람입니다. 그러나 판결문으로 과연 판사의 일과 생각에 대해 얼마나 알 수 있을까요? 법관이 판결로써 개성을 드러내는 것은 그리 권장되지 않습니다. 사건의 홍수에 치여 때로는 공산품처럼 양산되고, 때로는 필화를 피하고자 할 말도 하지 않다 보면 판결문은 점차 무색무취해집니다. 이런 악조건에도 저자는 판결문에서 다양한 이야깃거리를 찾아내어 판사의 생각을 들여다볼 단서를 제시하고, 더불어 더 나은 판결을 부단히 추구해 온 선배 법관들의 노력을 흥미롭게 소개하고 있습니다. 아직 '인간 판사'에 대한 신뢰를 거두지 않은 모든 독자분들께, 이 책은 보통의 바람직한 판사가 가진 생각을 들여다보는 좋은 안내서가 될 것입니다.

임선지

부장판사, 법학박사

이 책의 주인공은 '판결'입니다. 저자는 면밀하게 선정한 판결의 키워드를 제시하고, 판결에 실린 판사의 논증과 의도를 분석합니다. 저자는 판결의 언어에 실린 구체적 의미에서 시작해 사건의 해결책을 넘어 법 공동체 전체에 미치는 반향까지 나아가 살펴봅니다. 이 과정은 마치 정교한 줌 렌즈로 피사체를 끌어당겨 나무의 잎맥을 들여다본 연후 시야를 넓혀 거대한 숲을 조망해 보는 것과 같습니다. 책을 읽는 독자는 이 전체 과정을 함께하면서 판결의 언어에 담긴 풍부한 속뜻과 맥락을 깊이 이해하고 음미할 수 있을 것입니다.

프롤로그 "판결도 하나의 이야기이고, 콘텐츠다"

나는 판결도 하나의 '콘텐츠'라고 생각한다. 재판은 진짜 이야기를 기반으로 한다Based on a True Story. 그리고 갈등의 종착지인 법정에 올 만큼 치열해진 당사자의 다툼이, 날 선 공방으로 이어진다. 판사는 오랜 고민 끝에 결단한다. 판결은 이 모든 '이야기'를, 오롯이 정성스레 판사의 언어로 갈무리해 담는다. 판결은 판사가 고민한 과정과 결론을 알려주는 '목소리'이자 이를 담아내는 '그릇'이라고 할까.

 그래서 나는 판결에 대해 재잘거리며 거들어 보고 싶은 마음이 들었다. 이를테면, 우리가 야구 경기를 볼 때 찾아 듣는 해설처럼. 나는 이 책을 통해 판결의 객원 해설을 자처하고자 한다. "솔직히 이 판결은 제가 봐도 놀랐어요. 기존 문법이 아니거든요. 그런데 들여다보니⋯"라든지, "이 판결, 이슈였죠. 그런데 정작 판결에서는 세상과 다르게 바라봅니다. 왜 그랬을까요? 그 이유는…"이라든지, "이 판결에서는 판사의 감정이 묻어나옵니다. 저도 의아했어요. 그래도 되나요? 근데 곰곰 생각해 보니…"라든지 등등 가끔 내가 알거나 겪은 '썰'을 덧붙이기도 하면서, 판결을 여러 방식으로 다채롭게 풀어내 보고자 한다.

이 책은 3부로 구성되어 있다. 판사는 판결문을 쓸 때 무엇을 신경 쓰는지(제1부), 판사는 무엇에 기대어 판결문을 쓰는지(제2부), 판결에서 엿볼 수 있는 판사와 판결의 의외의 면모는 무엇인지(제3부)를 살펴보았다. 모든 이야기는 하나의 키워드를 중심으로 펼쳐진다. 그리고 그 시작은 모두 판결의 실제 문장이다. 나는 이 문장을 실마리 삼아, 판사로서 내가 가지거나 느낀 판결에 대한 관심, 의문, 고민, 당황, 의아함, 놀라움 등을 이야기하고, 판결의 속뜻을 탐색해 본 다음, 이를 토대로 법, 판사, 사람, 사회 등 외부까지 시선을 넓혀보는 방식으로 이야기를 구성해 보았다.

따라서 이 책은 지금까지 법률가들이 쓴 책과는 조금 다르다. 법이나 판결을 교과서처럼 '설명'하는 것에 치중하지 않고, 나를 주인공 삼아 경험을 '윤색'하거나 주장과 신념을 '피력'하지 않는다. 이 책의 주인공은 어디까지나 '판결'이다. 나는 판결을 전면에 내세우며, 판결에 담긴 판사의 고민과 성찰, 판사가 택한 의외의 파격 같은, 판결의 색다른 이모저모를 이야기하고자 한다. 요컨대, 판결의 '속살'을 이야기하고자 했달까.

나는 이 책을 읽은 여러분께서 우리가 보통 주목해 왔던 사건과 판사를 넘어 콘텐츠로서 판결에 보다 다가갈 수 있다면, 그래서 사건이나 판사를 중심으로 판결을 읽어내기보다는, 거꾸로 판결을 중심으로 사건과 판사를 바라보는 경험을 할 수 있다면 더 바랄 것이 없겠다. 무엇보다 이 책에 실린 모든 판결은 이를 쓴 판사의 진심이 꾹꾹 눌려 비로소 표현된 것이다. 하나의 문장과 단어로 정제되기까지 있었던 판사의 고민과 성찰을, 이 책을 통해 한 번쯤 돌아봐 주실 수 있다면 더 좋겠다.

어쩌면 나는 판결의 속살을 이야기하기로 하면서, 사람 판사와 AI 판사의 차별점을 이야기하고 싶었던 것은 아닐까 하는 생각도 해본다. 사실 판사와 그가 한 판결은 그 자체로 정당한 것이 아니다. 이를 받아들이는 당사자와 사회 구성원 모두가 이를 신뢰할 때 비로소 판사와 판결에 정당성이 생기고, 그에 힘이 실린다. 따라서 AI 판사를 도입할지 말지를 결정짓는 것은 'AI 기술의 발전 수준'이 아니라 '우리가 누구의 판단을 신뢰할 것인가'라는 보다 근본적인 문제이다. 우리가 신뢰할 수 있는 것은 사람 판사인가, 아니면 AI 판사인가.

나는 AI 판사를 도입하자는 지금 어딘가의 주장을 곧 "현재 판사의 판단을 신뢰할 수 없다. 그러니 AI 판사의 판단이 판사의 그것보다 정당하다"라는 주장으로 바로 해석하고 싶지는 않다. 오히려 그만큼 판사에게 분발하라는 뜻 아닐까. 아직 유지되는 이 신뢰의 끈을 판사들이 강화해 주길 바라는 마음이 아닐까. 그러므로 판사는 계속해서 스스로를 갈고닦아야 한다. 다만 나는 이 책을 통해, 지금까지 판사가 판결에 담아왔던 여러 노력을 여러분께 알려드리고자 한다. 판사가 해왔던 뜻밖의 생각과 고민, 그리고 성찰을 여러분께서 보시고, 현재 판사를 조금이라도 더 신뢰할 수 있게 된다면, 이 책을 쓴 의미가 더욱 커질 것 같다.

"판결은 판사나 법률가의 전유물이 아니며, 그래서도 안 된다." 우리 모두가 동의하는 명제이다. 당사자뿐만 아니라 우리 모두가 편하게 읽고 이야기할 수 있어야, 판결은 생명력을 얻게 될 것이다. 이 책을 읽으신 여러분께서 평소 낯설게 느낀 판결에 대해 친숙해지고 편하게 대하며, 자유롭게 어떤 해석, 감상, 평가든 더해주셔서, 판결에 생명력을 불어넣어 주시길 진심으로 바라본다.

판사의 언어, 판결의 속살

차례

추천의 글 • 005
프롤로그 • 008

제1부   **시시포스의 돌**
        진실을 위하여

한계   법이라는 말뚝 • 018
사람   무엇보다 사람 • 024
파급력   판결이란 파고 • 031
법+α   법학 너머 • 038
법리 I   잘못과 위법의 괴리 • 045
질서   안정이라는 그림자 • 052
진실   어렵고도 마땅한 다짐 • 059
조율   최선을 향한 뜨거운 과정 • 067

제2부   **우리는 방법을 찾을 것이다, 늘 그랬듯**
        설득을 위하여

싸움   오늘을 위한 새로고침 • 074
선례   어제의 필요와 존중 • 082
언어   밀고 두드리는 법 • 089
숫자   객관과 오해 사이 • 096
전문가   인용의 조건 • 105
평균   판단의 기준 • 113
진술   영원한 숙제 • 120
수읽기   실체적 진실을 위하여 • 128
법리 II 정의로운 길 • 134
마음   법, 존재의 이유 • 144

제3부　인간적인 너무나 인간적인
이해를 위하여

감정　함께 겪음, 같은 마음 • 154

모름　증명책임 • 163

재치　인간다움의 발로 • 171

실수　뒷수습 대신 앞수습 • 181

비유　때로는 열 마디 말보다 • 189

문체　문제는 나 • 196

친절　당연한 권리 • 206

자존심　책임감의 다른 말 • 215

버릇　직업적 습관 • 221

용기　법의, 법에 의한, 법을 위한 • 226

에필로그 • 232

감사의 글 • 236

1

시시포스의
돌

무엇이 옳다 그르다 하기 어렵다. 다만 판사로서 내가 지켜내고자 하는 것은 있다. 가진 권한의 한계를 거듭 살펴보고 내 판단이 잘못되지 않도록 노력하는 것. 그러니까 말뚝을 항상 돌아보는 것, 혹시나 새끼줄이 풀린 것은 아닐까 살펴보는 것. 원론적이고 진부한 이야기일 수 있다. 그래도 그 자세를 유지하고자 애쓰는 것이 우리 판사의 일이 아닌가 생각한다.

(진실) 을 위하여

한계
법이라는 말뚝

"**사법부의 역할**은 법이 무엇인지 선언하는 것이고,

잘못된 입법은 새로운 입법을 통하여 해결하는 것이

정도正道이다."[1]

판사들 사이에서는 시·군 지역 법원으로 발령받은 판사가 관할구역의 인구를 줄여버렸다는, 전설처럼 내려오는 이야기가 있다. 내막은 이렇다. 한 판사가 관할구역 내 음주운전을 근절하기로 마음먹었다. 그리고 딱한 사정이 있건 말건 음주운전자에게 바로 실형을 선고하기 시작했다. 조그마한 시·군 지역은 사실 한 동네나 다름없다. 벌금이나 내고 돌아오겠거

---

[1] 대법원 2020. 8. 27. 선고 2019도11294 전원합의체 판결 중 대법관 이기택, 대법관 김재형, 대법관 박정화, 대법관 안철상, 대법관 노태악의 반대의견.

판사의 언어, 판결의 속살

니 했던 이웃 사람들이 갑자기 줄줄이 구속당하고 나니 동네 사람들 정신이 번쩍 들었다. 먼일 같았던 법의 지엄함이 비로소 현실로 다가온 것이다. 덕분에 관할구역에서는 음주운전 사건이 정말로 줄기는 했다. 다만 관할구역 인구도 덩달아 줄었다고 한다. 음주운전을 한 사람들이 그 판사를 피해 다른 지역으로 이사를 갔기 때문이란다.

이 이야기를 들은 판사들은 일단 대체로 웃는다. 세상을 좋은 방향으로 바꾸고자 하는 판사의 선의가 관할구역 인구 감소라는 다소 우스꽝스러운 결론으로 이어지는 아이러니 때문이다. 물론 그 웃음 뒤에는 직업적 영향력에 대한 자부심도 어느 정도는 섞여 있을 테다.

하지만 나는 마냥 웃을 수만은 없었다. 그렇지 않아도 사람들은 "판사의 말이 곧 법이다"라는 말을 심심치 않게 하고 있다. 이랬다더라, 저랬다더라 확인하기 어려운 이야기를 덧붙이면서. 혹시나 이 전설 같은 이야기를 접하게 된 뭇사람들이 "거봐, 맞지? 판사들이 이렇게 힘이 세다니까"라며 수군거릴지 싶어 조마조마하다.

나는 "판사의 말이 곧 법이다"라는 말을 오히려 거꾸로 새기는 것이 맞다고 생각한다. "법이 곧 판사의 말이다." 판사는 사건에 적용될 법이 무엇인지 이야기하고, 그 법이 어떻게 해석되는지를 풀어 설명하는 것을 그 역할로 할 뿐이다. 판사가 하는 일은 '법'에 근거하며, 따라서 '법'을 벗어날 수 없다. 법이란 '판사의 말뚝'과 같다. 판사가 '제아무리 멀리 벗어나려 해도 말뚝이 풀어준 새끼줄 길이'만큼만 가능한 것이다.

반박이 있을 수 있겠다. "판사가 결론을 내면 그것으로 사건은 끝나는 것 아닌가?" 반은 맞고 반은 틀린 말이다. 판사의 결론에 불복할 수 있는 수단이 얼마나 많은가. 법원 안에서 구제 수단을 찾는다면 하급심 판결에는 상소를, 확정된 판결에는 재심을 고려할 수 있다. 법원 밖에서라면 형사 판결에는 사면을, 민사 판결에는 사적 면제 등을 생각해 볼 수 있다.

압권은 법 자체를 바꾸는 경우다. 판사가 법이 무엇인지 선언했는데 그 선언이 잘못된 것이라고 본다면, 국회의원은 법 자체를 바꿔 판사가 앞으로 선언할 내용을 견제할 수 있다.

어떤 사람이 '2020년 6월 2일 이전(시기가 중요하다)'에 음란물 사이트 운영자에게 돈을 내고 텔레그램으로 아동·청소년이 등장하는 음란물 동영상 파일을 다운로드할 수 있는 URL 주소를 받았다. 이 사람이 법정에 왔을 때 판사는 어떻게 할 수 있을까? 그의 행동이 잘못이라며 그를 처벌할 수 있을까?

판사는 법에 따라 재판을 할 수 있을 뿐이다. 법에서는 "아동·청소년을 이용한 음란물임을 알면서 이를 소지한 자"를 처벌 대상으로 삼고 있다. 하지만 음란물 그 자체가 아닌 URL 주소만 받은 행동을 두고 음란물을 '소지'했다고 보기는 어려웠다. 따라서 판사는 "URL 주소만 받은 경우는 법에서 처벌 대상으로 삼는 범위에 속하지 않는다"고 선언한 뒤 그에게 무죄를 선고할 수밖에 없다.[2] 아동·청소년이 등장하는 음란물이 세상에 있어서는 안 되므로 관련된 범죄는 엄벌에 처해야 한다는 개인적인 신념을 판사가 가졌다 한들 그 신념을 판결에 반영할 수는 없는 노릇이다.

그러자 국회의원이 나서서 법을 바꾸었다. 법에 아동·청소

---

2   대법원 2023. 6. 29. 선고 2022도6278 판결.

년을 이용한 음란물을 '구입, 저장'하는 행위까지 처벌하는 규정을 새로 추가한 것이다. 이로써 URL 주소만 받은 경우의 처벌 공백이 비로소 채워졌다.

판사의 한계를 잔뜩 늘어놓았지만 그렇다고 내가 판사를 무력하다고 느끼지는 않는다. 판사의 권한과 재량을 작게 볼 생각도 없다. 더 큰 것, 예를 들면 안정과 질서 같은 것을 위해 판사가 스스로를 자제한다고 여기기 때문이다. 역설적으로 그 절제에서 판사의 권위가 세워진다고 생각한다.

그래서 나는 이 글의 처음에 적은 판결 문장을 좋아한다. 판사가 하는 일(사법부의 역할은 법이 무엇인지 선언하는 것)을 명확히 이야기해 주는 동시에 한계(잘못된 입법은 새로운 입법을 통하여 해결해야 한다)도 분명하게 말하고 있기 때문이다. 어쩌면 이 문장은 호소문처럼 읽히기도 한다. "우리네 판사의 역할은 이렇습니다. 현재 법 체계에서 이러저러한 해석과 결론이 나오는 것은 어쩔 수가 없습니다. 저희가 더 나서면 질서가 흐트러질 수 있습니다. 그러니 여러분께서 나서주십시오."

관할구역의 인구를 줄여버렸다는 판사의 결기는 말뚝 범

위를 벗어나지는 않는다. 그러니 이 이야기를 듣는 어떤 사람은 판사라면 응당 그래야 하지 않느냐며 속 시원해할지 모른다. 그러나 한편에서는 판사마다 다른 결론이 마뜩잖을 수도 있다. 누구는 판사 잘 만나 벌금을 선고받고 누구는 판사 잘못 만나 실형을 선고받는 것이 불합리하다고 여길 수 있다.

무엇이 옳다 그르다 하기 어렵다. 다만 판사로서 내가 지켜내고자 하는 것은 있다. 가진 권한의 한계를 거듭 살펴보고 내 판단이 잘못되지 않도록 노력하는 것. 그러니까 말뚝을 항상 돌아보는 것, 혹시나 새끼줄이 풀린 것은 아닐까 살펴보는 것. 원론적이고 진부한 이야기일 수 있다. 그래도 그 자세를 유지하고자 애쓰는 것이 우리 판사의 일이 아닌가 생각한다.

무엇보다 사람

> "미성년 자녀가 있다는 이유만으로
>
> 성전환자의 성별정정을 허가하지 않는 것은 …
>
> **시대적 요청**에도 부합하지 않는다."[3]

나는 '시대적 요청'이라는 단어를 판결에서 읽었을 때 한없이 부담스러웠다. 시대적 요청, 이 말은 무엇을 의미하는 것일까? 아마 시대정신Zeitgeist과 뜻이 닿아 있는 것 같다. 시대정신이란 보통 '어떤 시대에 살고 있는 사람들의 보편적인 정신 자세나 태도'를 일컫는다. 그렇다면 판결에서 말하는 시대적 요청이란 '현재 시대에 살고 있는 사람들이 법원

---

3   대법원 2022. 11. 24.자 2020스616 전원합의체 결정.

에 요청하는 것'으로 이해하면 되는 걸까? 그런데 '현재 시대에 살고 있는 사람들'은 구체적으로 누굴 말하는 걸까? 설마 성전환자 본인? 아니면 기성세대? 그도 아니면 MZ세대? 도대체 누구란 말인가. 나아가 '요청한다'는 건 또 어떻게 알 수 있는가.

여러 의문이 머릿속에서 순간 휘몰아쳤다. 어디에서 찾기도 어렵고 누구도 가르쳐 주지 않는다. 내겐 '시대적 요청'이라는 말을 짊어질 강단은 없다. 그래서 나는 이 판결에서 '시대적 요청'이라는 말을 쓴 맥락이 더 궁금했다. 사건을 다시 들여다보았다.

남성으로 태어났으나 자신을 여성이라 생각한 사람이 있었다. 그는 머리를 길렀고, 여자 옷을 입었으며, 여자아이들과 주로 어울렸다. 그는 나이가 들면서 자신의 모습이 남성으로 변해가는 것에 고통을 느꼈다. 이내 숨겨온 성정체성을 드러내고자 결심했고 태국에서 수술받은 후 여성으로 살기 시작했다. 이제 그는 법적으로도 여성으로 인정받고자 했다. 하지만 문제가 남아 있었다. 그가 남성으로 생활하던 당시 이혼

은 했지만, 성년에 이르지 않은 어린아이까지 두었다는 점이
었다.

과연 미성년 자녀가 있는 사람의 성별정정 요청을 받아들
일 수 있는가? 어렵고도 어려운 문제이다. 1심과 2심에서는
비교적 수월하게 답을 내렸을지 모른다. 이미 2011년 대법원
에서 이 문제를 다룬 적이 있기 때문이다.

당시 대법원에서는 자녀의 행복과 이익을 중요하게 고려
했다.[4] 아버지가 남성에서 여성으로 또는 어머니가 여성에서
남성으로 뒤바뀌는 상황을 아이가 일방적으로 감내하면서
겪게 되는 정신적 혼란과 충격, 혹여나(어쩌면 엄연한 현실일지
모를) 자녀가 받을 사회적 차별과 편견을 생각해 보면 미성년
자녀가 있는 사람의 성별을 정정하는 것은 쉽게 허용할 수 없
다고 보았다. 대법원에서는 이것을 사회가 성전환자에게 요
구할 수 있는 '최소한의 배려 요청'이라며 조심스럽게 이야
기했다.

---

4 대법원 2011. 9. 2.자 2009스117 전원합의체 결정.

하지만 2022년에 이르자 대법원에서는 다르게 보았다. 다수의견에서는 미성년 자녀가 성년에 이를 때까지 성전환자에게 자기가 인식하는 성과 가족관계등록부상 성이 다른 부조리 상태가 강요될 경우, 성전환자가 참고 감당해야 할 고통의 크기나 절박함의 강도가 너무나 크다고 보았다. 혹시나 있을 아이에 대한 사회적 편견과 차별은 막아줘야 하는 것이지, 그런 이유로 성별정정을 불허하는 것은 본말이 전도되는 일이라고도 했다.

이때 다수의견 논리의 토대가 되는 전제가 바로 사회의 변화, 즉 시대적 요청이다. "우리 사회는 꽤 오래전부터 출생 당시의 생물학적 성만이 아니라 개인적·사회적 인식에 따라 사회규범적으로 개인의 성을 평가하여 성별정정 여부를 떠나 성전환자를 인정하여 오고 있다."[5] 이에 따라 대법원에서는 미성년 자녀가 있는 성전환자의 가족관계등록부상 성별정정이 허용되지 않는다는 취지의 종래 법리를 변경했다.

---

5 대법원 2022. 11. 24.자 2020스616 전원합의체 결정.

이 사건에서는 여전히 종전 법리가 맞다는 반대의견도 있었다. 나는 다수의견과 반대의견의 입장이 모두 설득력 있다고 생각했다. 여기서 어떤 견해가 옳은지를 논증할 생각은 전혀 없다. 그러나 다수의견에서 말하는 '시대적 요청'에 대해서는 잘 모르겠다고 솔직히 고백한다. 나는 우리 사회의 현재 모습이 어떠한지, 그 흐름은 어떻게 되는지를 가늠할 역량이 부족하다. 그래서 우리 사회가 성전환자를 인정해 왔는지, 이들의 성별정정을 허용하는 것이 시대적 요청에 부합하는지 잘 알지 못한다.

다만 '시대적 요청'이라는 추상적이고 거대한 담론 없이 이 사건을 성전환자와 그 미성년 자녀라는, 지금 여기 실존하는 '사람'을 중심으로 논의하면 충분하지 않을까 생각한다. 즉 이 사건은 성전환자를 향한 '연민'[6]과 미성년 자녀를 위한 '걱정' 사이에서 우리가 어떤 선택을 할 수 있는가에 대

---

6 "성전환자의 성별정정 문제를 다룸에 있어서는 기본적으로 성전환자에 대한 연민에서 출발하여야 한다(윤진수, "미성년 자녀가 있는 성전환자의 성별정정에 관한 대법원의 판례변경",《법률신문》, 2022년 12월 14일)."

한 문제이다. 한쪽은 '당위' 또는 '사회의 지향점'을 이야기하고 다른 쪽은 '현실'을 이야기하며, 한쪽은 '그 사람(성전환자)'의 권리를 이야기하고 다른 쪽은 '다른 사람(자녀)'의 행복과 이익을 이야기하며, 한쪽은 미성년 자녀에 대한 차별과 편견을 시정할 '사회의 책무'를 이야기하고 다른 쪽은 그러한 차별과 편견이 존재할 수밖에 없는 '사회의 실제'를 이야기하면 충분하지 않을까?

나는 판사로서 사건을 바라봄에 있어 '시대정신'을 읽고, '시대적 요청'을 파악하며, 그 흐름에 발맞춘다는 거대담론과 같은 이야기를 경계한다. 나의 부족함을 잘 알고 있는 동시에, 자칫 그러한 숲과 같은 추상抽象에 호도되어 내가 바라보아야 할 나무와 같은 구체具體를 놓치지 않을까 우려하기 때문이다.

같은 맥락에서 나는 '정의正義'가 쑥스럽다. 미국에서는 대법관을 '정의Justice'라고 부른다던가. 판사란 정의를 수호해야 하는 것이 마땅하다. 하지만 정의를 내가 입 밖으로 내는 순간 무척 겸연쩍다. 그렇다고 내가 정의를 등한시하는 것은 아니다. 다만 '정의란 무엇인가?'와 같은 원론적 질문에 대해 개념적으로 천착하기보다는 '이것은 정의인가?'와 같은 구체적 질문에 실질적인 답을 얻기 위해 노력한다. 그리고 그때 내가 얻어낸 답이 '법'이라는 뿌리에 단단히 서 있길 바라는 동시에, 그 답이 '시대적 요청'이라는 말 뒤에 숨기를 바라지 않는다.

판결이란 파고

> "계약의 일방 당사자는 신의성실의 원칙상
>
> 상대방에게 계약의 효력에 영향을 미치거나
>
> 상대방의 권리 확보에 위험을 가져올 수 있는 사정 등을
>
> 미리 고지할 의무가 있다."[7]

판결에서 제시하는 이 문장은 너무나 당연하다. '계약을 체결하면 상대에게 혹시나 위험이 있을 사정을 미리 알려줘야 하는 것'은 상식이기도 하다. 쉬운 법리이므로 판결에서 별 고민 없이 쉽게 쓰일 것 같다고 생각하는 것이 보통이다. 나도 그랬다. 하지만 그런 내 생각은 이 법리를 사용한 판결이

---

[7] 대법원 2022. 5. 26. 선고 2020다215124 판결.

나오게 된 재판 과정을 이야기로 접하고서 완전히 바뀌었다.

정수기 제조 회사에서 얼음정수기를 개발했다. 판매하거나 임대하는 방식으로 영업을 개시했고, 정기적인 점검과 관리를 받길 원하는 소비자에게 필터 교환과 탱크 청소 등의 서비스를 제공했다. 그런데 2015년 7월경 회사 직원이 얼음정수기를 점검하던 중 냉수 탱크에서 은색 금속 물질을 발견했다. 어찌 된 영문인지 살펴보니, 얼음을 냉각하기 위해 사용하는 부품인 증발기의 외부 니켈 도금이 떨어져 냉수 탱크로 들어간 것이었다. 회사에서는 얼음정수기 몇 대를 대상으로 자체 검사를 시작했다. 니켈 성분이 일반 정수와 얼음에서는 검출되지 않았다. 하지만 니켈 성분이 일부 냉수에서 검출되었으며, 그중 또 일부에서는 세계보건기구WHO의 평생 음용 권고치 이상으로 검출되었다.

회사에서는 조용히 대책을 마련하기 시작했다. 문제 발생한 달 즈음 뒤, 니켈 도금이 떨어지는 현상과 니켈 성분이 검출되는 상황을 모두 막기 위해 회사에서 생각한 방안은 바로 얼음정수기 증발기에 플라스틱 덮개를 장착하는 것이었다!

계획에 따라 회사 측에서는 점검·관리 서비스 과정에서 얼음정수기에 플라스틱 덮개를 장착했다. 당연히 소비자는 의아해했다. "왜 플라스틱 덮개를 장착하나요?" 직원들이 준비한 대답은 니켈과는 전혀 무관한 것이었다. "전기 요금을 줄이기 위해서입니다" 또는 "내부 위생을 강화하기 위해서입니다".

회사에서는 처음 문제가 보고된 지 1년 정도 지난 2016년 5월경 자신들의 대책이 얼마나 효과적인지 확인해 봤다. 플라스틱 덮개를 장착한 얼음정수기 1,010대를 살펴보니 그중 126대에서 여전히 세계보건기구 평생 음용 권고치를 넘는 니켈 성분이 검출되었다.

두 달 뒤, 드디어 언론에서 상황을 파악하고 보도하기 시작했다. 비로소 회사에서 사과하고 약속했다. "이 사건의 얼음정수기를 단종하고 제품 전량을 회수하겠습니다. 사용료 전액을 환불하겠습니다. 최신 제품으로 교체하거나 해약금 없이 해약할 수 있도록 하겠습니다. 니켈로 인해서 건강상 문제가 발생했다면 책임을 다하겠습니다."

소비자는 회사에서 '니켈이 떨어진 사실을 숨겼다'는 것을 그대로 넘어갈 수 없었다. 건강을 위해 애써 고른 제품이었다. 소비자는 이 제품, 저 제품을 면밀히 따진 후 회사를 신뢰하며 얼음정수기를 골랐다. 혹시 자신의 관리가 미흡할까 회사에 정기적으로 점검·관리까지 맡겼다. 소비자는 '깨끗한 정수기'를 원했고, 기대했고, 믿었다. 그런데 회사는 신뢰를 저버렸다. 문제를 알고서 숨겼고 말하지 않았다. 문제 발생 1년 뒤에 언론에서 나서니 그제야 사과했을 뿐이었다. 소송 제기는 어쩌면 당연한 수순이었다.

하지만 재판은 또 다른 문제였다. 소비자를 대리한 변호사는 일단 회사에서 '제조물책임법'을 위반했고 '불법행위'를 저질렀다고 주장했다. 이 주장은 결함과 손해 발생 사이의 인과관계를 입증할 필요가 있었기에 소비자와 회사 사이의 공방은 지루하게 이어졌다. 재판 기간만 장장 6년이 걸렸다. 이 재판을 겨우 마무리할 수 있었던 것은 판사의 솔직한 고민과 변호사의 분명한 선택 덕분이었다.

당시 하급심에서 사건을 담당한 재판장은 변호사에게 이

렇게 이야기했다고 한다. "이 사건에서 원고 승소로 판결하면, 소송이 제기되지 않은 다른 정수기 8만 7,000대에 대해 판결하는 것과 같습니다." 즉 이 사건은 '8만 7,000명의 원고가 추가로 발생할 수 있는 사건'임을 강조한 것이다.[8] 이에 변호사는 원래 주장했던 '제조물책임법' 위반이나 '불법행위' 주장을 접었다. 대신 렌털 계약의 목적을 달성하기 위해 회사에서 얼음정수기의 니켈 도금이 떨어지고 니켈 성분이 검출된 사실을 알았다면, 이를 소비자에게 '알릴 의무'를 저버렸다는 주장을 남겨두었다. 물론 청구액수도 줄였다. 결론은 소비자의 승리였다. 재판부는 소비자의 손을 들어주었고, 정신적 손해배상인 위자료 100만 원을 인정했다. 이때 판결에서 사용한 법리가 이 글 첫머리에 적은 그 내용이다.

판결에 드러난 문구만으로는 판사의 고민이 충분히 드러나지 않을 수 있다. '쉬운 법리를 간단히 적용했구나' 하며 단순히 생각할 수 있다. 하지만 실상은 그렇지 않다. 판사는 이

---

8   김지환, "'코웨이, 정수기 중금속 알고도 숨겨' … '고지의무 위반' 집중해 집단소송 勝", 《조선비즈》, 2022년 7월 6일.

판결이 이정표가 되어 뒤이을 8만 7,000개의 사건에 끼칠 영향, 즉 자신의 판단이 가질 사회적 파급력을 충분히 신경 썼고, 그 고민을 재판에서 투명하게 공유했다. 변호사는 이를 수긍하여 자신들의 입장을 관철하는 데 집중했다. 그 결과 비로소 이 법리가 판결에 쓰였다. 판결에 쓰인 법리는 재판 과정에서 겪은 여러 고뇌와 진통 끝에 마침내 선택된 진액津液인 셈이다.

누군가는 물을지 모른다. "이 사건만 바라보면 될 것이지 왜 이후의 사정까지 고려하는가? 그것은 월권 아닌가?" 일리가 있는 의견이다. 하지만 나의 판단이 나의 통제나 기대 범위를 벗어나 일파만파 퍼지는 것은 매우 신중하게 결정할 필요가 있는 일이다.

누군가는 고작 100만 원이라고 할지 모른다. 하지만 오랜 다툼 끝에 인정된 위자료는 액수 그 이상의 의미를 가진다고 생각한다. 건강을 위하는 제품과 서비스를 제공하는 회사는 적어도 자신들에게 주어진 의무를 다해야 함을 이 판결에서 인정했기 때문이다. 그리고 이 판결로 인해 이 사건의 원고와 같은 상황에 있는 소비자가 회사에게 위자료를 받을 수 있는 길이 열렸다. 이제 회사는 혹시나 위험이 있을 사정을 알게 되었다면 향후 위자료를 물어내지 않기 위해서라도 이를 고객에게 숨기지 않고 말하게 될 것이다(고객 한 명에게는 소액일지 모르나 합하면 상당한 금액이 된다. 이 사건의 경우 회사는 8만 7,000명의 피해자이니 단순 산술적으로 약 900억 원의 위자료를 물어내야 한다). 이는 이 판결이 고려한 또 다른 사회적 파급력일 것이다.

법학 너머

"법학 과목은 **전문적인 지식**이 필요한 영역이(다)."[9]

법학을 공부하기 시작하면서 '나는 도대체 무엇을 공부하는 걸까?'라고 자문해 본 적이 있다. 법이란 쉽게 말해 사회의 규칙이다. 나는 그저 세세하게 규정된 사회의 규칙을 공부하는 걸까? 마치 게임을 하기에 앞서 룰북Rule Book을 익히는 것처럼?

사례를 한번 들어보고 다시 질문해 보자. 다음 사건의 범인은 누구일까? 그렇게 생각할 수 있는 뚜렷한 근거는 무엇일까? 또 근거와 범행을 이어줄 수 있는 연결고리로는 무엇을

---

9   대법원 2003. 11. 27. 선고 2001다33789, 33796, 33802, 33819 판결.

생각할 수 있을까? 그리고 법학은 이 사건에 어떤 대답을 할 수 있을까?

한 남자가 술을 잔뜩 마신 채 꽤 늦은 밤 집으로 돌아왔다. 비틀거리다가 휘청하더니 손으로 화단 흙을 짚고는 다시 일어났다. 아파트 경비원의 인사를 지나치고 무심히 집 안으로 들어와 옷도 벗지 않은 채 침대에 누웠다. 아침이 되어 머리가 지끈거리는 상태로 깨어나 부인과 아이를 부르려 할 때 무언가 이상함을 느꼈다. 피 묻은 칼이 오른손 옆에 놓여 있는 것이었다!

놀란 가슴을 부여잡고 밖으로 나가보니 부인과 아이는 이미 사망한 상태였다. 남자는 곧바로 경찰에 신고했다. 출동한 경찰은 현장을 확인했다. 아이의 상흔은 보통의 것이었다. 특이한 것은 부인의 상처였다. 가슴팍에 일렬로 여섯 개의 상처가 가지런히 나 있었다. 이 중에서 치명상은 한두 군데일 듯했다.

경찰이 아파트 경비원에게 물었다. "저 남자가 들어간 이후로 아파트 엘리베이터를 이용한 사람이 있습니까?" "없습니다." 그렇다면 내부자 소행으로 의심해 볼 수 있다. 신고하기는 했으나 용의선상에 있는 남자를 확인할 필요가 있었다. "혈액형이 어떻게 되시죠?" "저는 A형입니다." "일단 알겠습니다만, 혹시 모르니 혈액형을 채취해도 되겠습니까?" "그렇게 하십시오." "그런데 손에 흙은 왜 묻은 겁니까?" "화단에서 한 번 넘어졌습니다."

부인과 아이의 혈액형도 확인했다. 부인은 O형, 아이는 B형이었다. A형과 O형 부모에 B형 아이라니. 뭔가 실마리가 잡힐 것 같았다. 경찰은 탐문 수사를 해 보기로 했다. 아이의 학교 담임 선생님을 만나 물었다. "아이와 부모의 관계는 어땠습니까?" 망설이던 선생님은 어렵사리 말을 꺼냈다. "왠지 모르게 부인이 아이를 꺼리는 느낌을 받았달까요."

남자와 부인의 직업도 알아보았다. 남자는 별다른 직장이 없었고, 부인은 약국을 운영하고 있었다. 약국 맞은편 카페에 가서 남자의 사진을 보이며 이 사람 아느냐고 물어보았다. 뜻밖의 대답이 돌아왔다. "잘 알죠. 이 사람 허구한 날 여기 앉아서 약국을 바라보고 그러던데. 감시 같달까요." 그때 미뤄

둔 남자의 혈액형도 확인해 봤다. 당연히 A형이겠거니 했는데 아니었다. B형이었다. 남자는 자신의 혈액형을 잘못 알고 있었다.

이 사례는 내가 대학 시절 들은, 지금은 퇴임하신 이정빈 교수님의 법의학 수업 내용을 재구성한 것이다. 이 사건에 대해 법학만으로는 아마 아무런 말도 하지 못할 것이다. 하지만 "이 답에 법의학은 어떤 말을 할 수 있을까?"라고 묻는다면 아마 명확한 답을 내줄 것이다. 이정빈 교수님의 풀이는 이렇다(정답은 없다. 이렇게 생각할 수도 있겠다는 정도로 읽으시면 좋겠다).

배경이 되는 법의학 지식을 우선 소개한다. 첫째는 우리가 상식처럼 아는 혈액형 유전이다. ABO식에 따르면 혈액형에는 A, B, O, AB 이렇게 네 종류가 있다. 혈액형은 두 개의 인자로 결정된다. A형은 AA 또는 AO, B형은 BB 또는 BO, O형은 OO로 이루어진다. 우열관계에서는 A와 B가 우성, O가 열성이다. 자녀의 혈액형은 부모의 혈액형 인자 중 하나씩 받아 결정되는데, 부모가 A형(AA, AO)과 O형(OO)이면 자녀는 원칙적으로 A형(AO) 또는 O형(OO)일 것으로 예측된다. 둘째는 '방어흔防禦痕, defense mark'과 '주저흔躊躇痕, hesitation mark'의 구별이다. 공격에 대항하여 자신을 보호하고자 무의식적으로 막을 때 생기는 방어흔은 절박한 상황을 알려주듯 모양이 비일관적인 경우가 보통이다. 자해할 때 생기는 주저흔은 스스로 상처를 입혀야 되는 구조적 한계로 인해 주로 한 군데 모여 있고, 치명상이 아니면 얕고 평행으로 나 있다.

이 사례에서 부인의 상처는 '가슴팍에 가지런히' 나 있다고 했다. 양손에 칼을 거꾸로 쥐고 자신의 가슴을 찌를 때 생길 수 있는 모양이다. 방어흔과 주저흔의 구별이라는 법의학 지식에 근거해서 보면 부인은 스스로 자해했다고 봄이 타당하다. 생각해 보면 남자의 오른손에 묻은 흙은 아침까지도 씻겨 있지 않은 상태였다. 그럴 정도로 술에 취해 제정신이 아니었던 남자를 범인으로 보기에는 근거가 부족하다.

그렇다면 어째서 부인은 스스로 자해를 하고 아이에게 해를 끼친 것일까 의문이 남는다. 여기서 남자의 혈액형을 근거로 하나의 가설을 세워볼 수 있다. "남자는 자신의 혈액형을

A형으로 알고 있었다. 부인의 외도를 의심하지 않을 수 없는 상황이었을 것이다. 그래서 남자는 부인이 운영하는 약국 앞 카페에 출근해 부인을 감시했다. 부인으로서는 억울하기 그지없다. 남자를 사랑해서 아이를 낳았는데 영문 모를 의심을 받았기 때문이다. 부인은 이 모든 것이 아이 때문인 것 같아 아이를 괜히 탓한다. 결국 부인은 모든 고통을 마무리하고자 했고, 아이와 자신을 해한 후 남자에 대한 원망으로 피 묻은 칼을 그가 자고 있던 침대 위에 둔 것이다.”

법학과 의학이 교차하는 지점에 법의학이 있다. 법의학을 통해 법조인과 의료인이라는 동질적이지 않은 두 집단이 서로의 전문성을 근거 삼아 진실을 재구성하고 정확한 판단을 내릴 수 있다. 다시 말해 법학은 의학의 도움을 받을 때 비로소 사건을 해결할 수 있는 것이다.

이제는 20여 년 전 내가 던진 의문에 조심스럽게나마 답할 수 있겠다. ‘나는 무엇을 공부하는 걸까?’ 사회의 규칙을 공부하는 것이다. 다만 그 규칙만 공부하는 것은 아니다.

법학은 본질적으로 규범을 다루는 학문이므로 다른 학문

과 차별성을 갖는다. 하지만 규범을 다루므로 다른 학문과 통섭하는 데 유리하다. 법은 사회의 규칙이다. 그 규칙은 단지 법학에서 제공하는 뼈대로만 만들어지는 것이 아니라 다른 여러 학문이 관여되어 비로소 그 내용이 채워지는 '정수精髓' 같은 것이다. 따라서 법, 곧 사회의 규칙을 공부한다는 것은 법학과 다른 학문을 모두 아울러 살펴보아야 한다는 뜻이다. 법의학, 법경제학, 법사회학, 법철학, 법여성학 등 여러 과목 명에 '법' 자가 따라붙는 것을 생각해 보면 이 말을 수긍할 수 있을 것이다. 따라서 법은 다른 학문의 담론을 연결해 낼 수 있는 허브 같은 것이라고 할 수 있다. 그릇을 채우기 위해 법조인은 법만이 아닌 다른 학문까지 모두 섭렵할 필요가 있겠다.

이 글의 첫머리에 적은 판결 문구로 돌아가 보자. 법학에 '전문적인 지식'이 필요하다고 했다. 여기서 전문적인 지식은 아마도 '법학'만을 두고 말한 것이 아닐 테다. 다른 여러 학문까지 아울러 이야기한 것일 테다. 끊임없이 공부해 나가야 하는 법조인의 길, 그래서 참 어렵다.

법리 I
잘못과 위법의 괴리

"형법상 절취란 타인이 점유하고 있는

자기 이외의 자의 소유물을 점유자의 의사에 반하여

점유를 배제하고 자기 또는 제3자의 점유로 옮기는 것을 말한다.

이에 반해 기망의 방법으로 타인으로 하여금 처분행위를 하도록 하여

재물 또는 재산상 이익을 취득한 경우에는

절도죄가 아니라 사기죄가 성립한다."[10]

잘못한 것이 분명한데 어떤 잘못인지를 고집스레 따지는 사람들이 있다. 굳이, 그렇게까지, 집요하게, 끝까지 추궁하는 별종이 바로 '판사'라는 사람이다.

---

10 대법원 2022. 12. 29. 선고 2022도12494 판결.

50만 원 벌금 사건이 있었다. 내용은 이렇다. 매장 바닥에 떨어뜨린 지갑을 주인이 주웠다. 주위에 있던 손님에게 주인이 물었다. "이 지갑, 선생님 것이 맞나요?" 그러자 손님이 대답했다. "네, 맞습니다." 그 대답과 함께 손님은 지갑을 가져갔다. 문제는 그 지갑이 그 손님 것이 아니라 다른 손님이 떨어뜨린 것이었다는 사실이다.

진짜 지갑 주인이 자기 지갑을 가져간 사람을 고소하면서 사건이 시작되었다. 그러자 지갑을 가져간 손님이 반발했다. "내 것인 줄 알았다. 잘못 알았다." 하지만 두 손님의 지갑은 색깔이 유사할 수는 있어도 하나는 민무늬이고 다른 하나는 체크무늬여서 차이가 제법 났다. 그러니 지갑이 자기 것인지 아닌지 헷갈리기는 쉽지 않아 보였다. 이런 이유로 1심에서는 지갑을 가져간 손님에게 50만 원의 벌금을 내라고 판결했다.

이 글을 읽는 대부분의 독자는 지금까지 읽은 내용 중에서 이상한 내용을 찾지 못했을 것 같다. '자기 지갑이 아닌 줄 알면서 가져갔다? 잘못했군! 벌금 50만 원도 적정한 것 같다.'

이런 생각을 하는 것이 자연스러울 수 있다. 하지만 판사라면 이 글의 내용에서 허점을 찾아내 물을 것이다(아마 나도 그럴 것이다). "어떤 죄였을까?" 50만 원의 벌금을 내라고 했지만 어떤 죄라고는 말하지 않았다. 이 틈이 궁금하다.

1심에서는 지갑을 가져간 손님을 '절도'로 보았다. 그러자 피고인이 항소했다. '그 지갑이 내 것인 줄 알았다'는 주장을 여전히 유지하면서 '절도는 아니다'는 주장이었다. 그러면서 하나의 가정을 덧붙였다. "사기죄는 될 수 있을지 모르겠지만(아무튼 절도는 아니니 벌주지 말아주십시오)."

검사는 피고인의 주장에 대비하여 2심에서 예비적 죄명으로 사기를 추가했다. 이제 2심에서는 피고인이 지갑을 가져간 행위가 절도인지, 사기인지 법리적으로 규명해야 했다. 2심에서는 절도가 아닌 사기로 유죄를 유지했다. 양형 또한 유지했다. 벌금 50만 원. 이 사건은 대법원까지 올라갔다. 대법원에서는 이 글의 첫머리에 적힌 내용을 근거로 들면서 피고인이 '사기'를 쳤다고 판결했다.

피고인이 자신의 죄 없음을 다툰 이유는 근본적으로 하나였다. "나는 내 지갑인 줄 알고(다른 사람의 지갑인 줄 모르고) 가져갔다." 이는 '다른 사람의 지갑인 줄 알면서 가져가는 것은 잘못'이라는 명제에 동의하는 것으로 볼 수 있다. 이 사건을 바라보는 일반 사람들도 대부분 그와 같이 생각할 것이고, 그 잘못을 인정하는 데 별다른 주저가 없을 것이다.

그런데 나를 비롯한 판사들의 생각은 조금 다르다. 1, 2, 3심에 이르도록 '유죄, 벌금 50만 원'이라는 결론은 동일하게 유지하면서도 각 재판부는 이를 구성하는 이유를 열심히 채워 넣었다. '잘못'이라는 것을 두루뭉술하게 이해하지 않고 죄형법정주의에 따라 '위법'인지를 판단해야 했기 때문이다. 판사는 이렇게 이 사건의 피고인에게 적용되어야 하는 죄명이 '절도'인지 '사기'인지, 일반 사람들은 별로 관심 두지 않는 것을 엄밀히, 엄격히 가늠한다.

판사의 별종 같은 엄밀함은 이 판결에서만 드러나는 것이 아니다. 좀 더 민감한 문제에서도 판사는 그의 엄밀성을 발휘한다. 상대 배우자가 잠깐 집을 비우자, 다른 배우자가 몰래 사귀고 있는 사람을 집으로 불러 성관계를 맺은 사건이 있었다. 간통죄는 폐지되었지만, 이런 경우 종래 법리에서는 상간자에게 주거침입을 인정해 왔다. 상대 배우자가 누리는 주거의 평온을 깨뜨렸다는 이유에서이다. 그래서 이 사건의 1심에서도 상간자에게 징역 6월, 집행유예 2년, 사회봉사명령 120시간을 선고했다. 상간자는 잘못을 모두 인정했다. 다만 형이 무거우니 낮춰달라고 항소했을 뿐이다.

그러자 2심에서는 상간자가 잘못을 모두 인정했음에도 직권으로 그에게 무죄를 선고했다. 그가 다른 배우자의 승낙을 받고 집으로 평온하게 들어간 것이니 '침입'이라고까지 볼 수는 없다는 이유였다. 놀란 검사가 상고하자 대법원에서는 검사의 상고를 기각하면서 2심의 취지를 발전시켜 이 사건을 계기로 '주거침입죄' 자체의 법리를 새롭게 선언하기에 이른다(이런 경우 상간자를 주거침입으로 처벌한다면 폐지된 간통죄를 부분적으로 대체하게 된다는 것도 또 하나의 근거였다).[11] 아마도 2심과 대법원의 결론에 가장 당황했던 사람은 오히려 유죄를 각

---

11 대법원 2021. 9. 9. 선고 2020도12630 전원합의체 판결.

오했던 상간자가 아니었을까? "내가 무죄라니?"

일련의 사례들은 판사가 얼마나 법에 진심인지를 알려준다. 하지만 이러한 우리의 태도와 자세가 누군가에게 이용당할지 모른다는 걱정도 물론 한다. 개개의 사건에서는 올바른 판단이지만 전체적으로 보면 올바르지 않은 결과를 가져오는 것은 아닐까? 그런 우려이다.

앞선 지갑 사건에서 '피고인이 다른 사람의 지갑인 줄 알면서 가져갔다'는 사실을 인정했음에도 검사가 예비적 공소사실로 사기를 추가하지 않고 절도로만 판단을 받고자 했다면 판사는 어떻게 해야 할까? 그가 분명 잘못했는데 벌을 주지 않는 것이 옳은 것일까? 또 주거침입 사건에서 처벌을 각오한 사람에게 무죄를 선고하는 것이 과연 필요했을까? 여러 질문을 거듭하게 되는 것은 어쩔 수 없다.

그래서 나는 고백하지 않을 수 없다. 이 글 첫머리에 적힌, '절도'와 '사기'의 구별 기준에 관한 판결 문장은 판사에게는 중요하지만, 다른 사람에게는 당혹스러울 것임을. 절도든 사기든 잘못은 잘못인데 이 둘을 구별하는 것이 그렇게 중요한가? 잘못한 사람을 벌주는데 뭐가 그리 어려운가? 판사의 고민은 법리를 발전시키지만, 자칫 법망의 틈새를 벌려 일반 사람들의 (법)감정에서 멀어질 수 있다. 그러니까 "뭣이 중헌 디?" 고민스러운 지점이다.

질서

안정이라는 그림자

> "**법적 안정성** … 을 확보하기 위하여는
>
> 불가피하게 기존의 판례를 바꾸는 경우에도 그 범위를 되도록
>
> 제한적으로 하여야 한다."[12]

법을 해석하고 적용하는 데에는 일관성이 있고 예측 가능성
이 있어야 한다. 야구 경기를 할 때 스트라이크 존이 너무 좁
거나 넓다는 비판이 있더라도 어제의 스트라이크 존과 오늘
의 스트라이크 존이 다르면 안 되는 것과 마찬가지이다. 타석
에 선 타자를 혼란스럽게 해서야 제대로 된 경기가 될 리 없
다. 일관되고 예측 가능한 규칙이어야만 질서가 생기고, 질

---

12   대법원 2023. 5. 11. 선고 2018다248626 전원합의체 판결.

서가 있어야만 이를 준수하는 사람이 안정될 수 있다. 이를 법학에서는 '법적 안정성'이라 한다. 판사는 법적 안정성을 중요한 가치 중 하나로 여긴다. 하지만 나도 의문을 가진 적이 있다. "법적 안정성 때문에 포기되는 가치는 중요하지 않은가?"

머리카락을 감기만 해도 염색이 가능하다는 놀라운 성능을 가진 모다모다 샴푸는 품절 대란이 있을 정도로 이슈였다. 모다모다 샴푸는 이해신 카이스트 화학과 교수가 주역으로 개발했다. 그는 홍합이 해안가 바위에 단단히 붙어 있는 이유가 접착 물질 때문이라는 점을 발견하고 이를 연구하던 중 아이디어가 불현듯 떠올랐다고 한다. 그의 생각은 다음과 같았다. ① 홍합이 가진 접착력의 핵심은 폴리페놀 성분인데 이것은 단백질에 잘 붙는다. ② 우리 몸속의 피나 머리카락에도 단백질이 들어 있다. ③ 폴리페놀이 피에 붙으면 지혈제가 되고(이해신 교수는 앞서 지혈제를 개발한 적이 있다), 머리카락에 붙으면 염색 샴푸가 된다.

이 개발은 일반 대중이 듣기에는 솔깃했지만 규제 당국이

볼 때는 난감한 과제였다. 그가 개발한 모다모다 샴푸가 샴푸인지 염색제인지 명확히 이야기할 수 없어서 기존 체계로는 관리·감독이 어려웠기 때문이다. 양쪽 사이에서 고민하다가 식품의약품안전처는 모다모다 샴푸의 원료인 1,2,4-트리하이드록시벤젠THB을 화장품 원료로 사용할 수 없도록 하는 '화장품 안전기준 등에 관한 규정' 개정안을 예고하는 것을 선택했다. 이에 따라 모다모다 샴푸의 판매가 금지될 위기에 처했다. 그러자 이해신 교수는 식품의약품안전처가 예고한 규제가 새로운 혁신 제품에 대한 선입견 내지 색안경 때문이라는 점을 지적하면서 법 규제의 경직성을 문제 삼았다.

식품의약품안전처의 선택을 두고 누군가는 '공무원다운 선택'이라며 체념할 수 있고, 또 다른 누군가는 '어쩔 수 없는 선택'이라며 변호할 수도 있다. 사회가 새롭게 나아가는 것도 중요하고, 기존 질서와 균형을 이루는 것도 중요하다. 어느 것이 더 앞선다고 예단하기는 쉽지 않다. "모든 혁신은 유용성에서 오는 이익보다 혁신으로 인해 초래되는 혼란이 더 많다Omnis innovatio plus novitate perturbat quam utilitate prodest"라는 법언法諺이 있는가 하면 "의학, 수학, 사회학, 심리학과 같은 대다수 학문의 목적은 앞을 내다보고 새로운 진리, 기능, 유용성에 다가서는 데 있다. 오직 법만이 자신의 오랜 원칙과 선례에 끊임없이 집착하며 구태의연을 덕으로, 혁신을 부덕으로 삼는다. 오직 법만이, 시대에 뒤떨어진 방식을 고쳐 변화하는 세계의 필요에 부응하도록 해야 한다는 생각에 저항하고 분개한다"라는 어떤 책 구절도 있다.[13]

규제 당국은 변화보다는 현재 질서를 유지하고자 했다. 모다모다 샴푸가 주는 유익함을 잘 알면서도, 혹시 모를 위험성에 대비하자는 뜻이었을 것이다. 이러한 규제 당국의 신중한 태도는 판사가 법적 안정성의 가치를 높이 보는 것과 닮아 있다. 이 글 첫머리에 적은 판결에서 알 수 있듯, 판사는 필요에 따라 기존 판례를 바꿔야 하는 경우에도 조심한다. 그만큼 규제 당국이나 판사는 기존의 질서가 주는 안정을 무겁게 여기는 것일 테다.

---

13 프레드 로델 지음, 이승훈 옮김(2014). 『저주받으리라, 너희 법률가들이여』. 후마니타스.

그렇다고 판사가 늘 법적 안정성만을 고집하는 것도 아니다. 때로는 과감한 결단으로 사람들을 놀라게 하기도 한다. 우리나라의 병역법에서는 '정당한 사유' 없이 입영을 거부하면 처벌한다고 규정되어 있다. 그동안 법원에서는 종교든 도덕이든 철학이든 어떤 양심상 이유에 따른 입영거부자에 대해 일률적으로 1년 6개월 이상의 징역형의 실형을 선고해 왔다(그래야 그가 현역이 아니라 전시근로역으로 편입된다). 대법원에서는 법원의 이러한 결정이 정당하다고 2004년과 2007년에 거듭 확인했다. 하지만 2018년에 드디어 대법원에서 양심적 병역거부가 입영거부의 '정당한 사유'가 된다고 결단했다.[14]

엄청난 판결이었다. 징병제 국가인 우리나라에서 병역 문제는 언제나 뜨거운 감자이다. 병역을 제대로 이행하지 않으면 입국이 거부되기도 하고 다시 이행해야 할 정도이다. 당연히 반발이 있었다. 우리가 오랫동안 알고 지켜왔던 질서가 완전히 바뀌기 때문이다. 이 판결에서 반대의견도 다수의견의

---

[14]　대법원 2018. 11. 1. 선고 2016도10912 전원합의체 판결.

결정이 '법적 안정성이라는 중대한 사법적 가치를 손상'했다며 비판했다.[15] 하지만 다수의견은 이러한 변화가 '양심의 자유'와 '소수자에 대한 관용과 포용'을 지키는 것이라는 입장이었다.

모다모다 샴푸에 대한 규제와 양심적 병역거부 판결을 보면서 법이란 참 어렵다는 생각이 들었다. 모다모다 샴푸를 사용할 거냐는 질문을 받는다면 나도 갈팡질팡할 것이다. "정부가 위험하다고 하니 구매가 꺼려지면서도 많이 팔리는 걸 보면 괜찮나 싶으면서 사보고 싶은 마음도 든다.", "확실한 가이드라인이 나와야 소비자도 안심하고 사용하고 기업 입장에서도 좋은 게 아니겠나."[16] 어떤 소비자가 언론에서 인터뷰한 내용인데 내 마음이 딱 이렇다. 내가 사건으로 담당하기 전까지는 나도 일반 소비자인걸.

양심적 병역거부 판결은 어떤가. 이 판결이 선고되고 곧 판

---

15 대법원 2018. 11. 1. 선고 2016도10912 전원합의체 판결 중 대법관 김소영, 대법관 조희대, 대법관 박상옥, 대법관 이기택의 반대의견.

16 김보람·김백상, "유전독성 논란 '모다모다' 샴푸, 300만 개 팔리는 동안 안전성 평가는 지지부진", 《매경헬스》, 2023년 7월 6일.

사들끼리 사석에서 이야기를 나눈 적이 있다. 나야 장교(법무관)로 군대를 다녀와서 군대에 중립적인 인상을 가지고 있었지만, 일반 사병으로 군대를 다녀온 남자 판사들의 반응은 심플했다. "군대 진짜 힘들어. 이렇게 피할 수 있으면 누가 군대 가겠어?" 이런저런 토로와 공감 뒤에 누군가가 물었다. "그러면 양심적 병역거부 사건 맡으면 어떻게 할 거예요? 소신껏 유죄로 선고할 거예요?" 잠깐의 정적과 얕은 한숨 뒤, 이어진 대답에 우리는 모두 고개를 끄덕였다. "어쩌겠어. '양심적 판결거부'를 할 수도 없고. 대법원에서 무죄라고 했는데." 나는 이 말과 우리의 끄덕임이야말로 새로운 질서(비록 그것이 개인적으로 자신의 마음에 들지 않더라도)에 안정을 부여하고자 하는 판사의 직업적 태도와 양심을 단적으로 보여주는 에피소드라고 생각한다.

어렵고도 마땅한 다짐

"형사재판을 담당하는 사실심 법관으로서는…

상반되고 모순되는 진술들 가운데 허위, 과장, 왜곡, 착오를 배제한

진실을 찾아내고 그 진실들을 조합하여

사건의 실체를 파악하는 노력을 기울여야 (한다)."[17]

"나에게 사실을 달라. 그러면 네게 법을 주겠다Da mihi factum, dabo tibi ius"라는 법언法諺이 있다. 누군가는 이를 사실만 알면 올바른 판단을 할 수 있다는 법률가의 자신감으로 읽을지 모른다. 하지만 나는 이 법언을 다르게 받아들인다. "제발 진실을 알려주세요"라는 간곡한 부탁, "제3자인 우리는 진실

---

17 대법원 2011. 4. 28. 선고 2010도14487 판결.

을 알기 어렵거든요"라는 솔직한 현실 인식이 아닐까?

그래서인지 법정 영화에서는 이러한 진실 찾기를 주된 테마로 다룬다. 진실은 미리 관객에게 주어지므로, 진실이 무엇이냐보다는 그 진실에 다가서는 스킬이 관객의 흥미를 끈다. 내겐 오래된 법정 영화 〈어 퓨 굿 맨A Few Good Men〉(1992)이 바로 그런 영화였다.

관타나모 베이 미국 해군기지에 근무 중인 산티아고는 도무지 군에 적응하기 어려웠다. 관상동맥에 문제coronary disorder가 있었던 탓에 훈련 중 걸핏하면 낙오하기 일쑤였다. 한계에 다다른 산티아고는 전출을 요청하지만 묵살되었다. 곧 산티아고가 다시 실수하자 사령관은 소대장에게 산티아고에 대한 코드 레드Code Red를 명령했다.

손발을 테이프로 묶고 천으로 재갈을 물린 뒤 머리카락을 깎는 등의 방법으로 괴롭히는 것을 의미하는 코드 레드는 기지 내에서 불문율이었다. 문제는 산티아고가 소대장의 명령을 받은 도슨과 다우니의 코드 레드 가해로 사망하게 된 것이다. 사망 원인은 산독증acidosis이었다.

도슨과 다우니는 기소되었고, 사령관과 소대장은 코드 레드를 명령한 것을 부인했다. 그들은 오히려 자신들이 산티아고를 보호해 왔다고 했다. 산티아고를 전출시키기로 했는데 도슨과 다우니가 마음대로 천에 독을 묻히는 바람에 산티아고가 산독증으로 사망했다며 산티아고의 사인을 독살이라고 주장했다.

명령을 충실히 이행했을 뿐이라고 생각하는 도슨과 다우니는 자신들에게 모든 책임이 전가되자 억울했다. 하지만 그들을 변호할 군법무관 캐피는 첫 만남에서부터, 무죄를 주장하기가 쉽지 않다며 억울할지언정 죄를 인정하고 형량을 적게 받자는 말을 대뜸 했다. 현실적인 선택을 하자는 제안이었지만 도슨과 다우니는 한마디로 거절했다. 캐피는 당황했다. 하지만 긴 고민 끝에 이들 편에 서기로 하고 그날의 진실을 밝히기로 마음먹었다.

인상 깊은 장면은 역시 캐피의 신들린 듯한 증인신문이다. 군검사의 증인신문에 물 흐르는 듯 대응하는 캐피의 증인신문은 법정 공방의 진수를 보여준다.

군검사는 산티아고가 독살되었다며 그의 사망을 진단한 군의관을 증인으로 불렀다. 사령관 측이었던 군의관은 독이 검출되지는 않았으나 검출되지 않는 독도 많다며, 평소 건강했던 산티아고에게 산독증이 발생한 것은 독이 아니라면 불가능하다는 이유로 산티아고의 사인을 독살이라고 추정했다.

이제 캐피의 반대신문 차례. 신중히 묻는 캐피. "산독증이 빨리 진행될 수 있는 몸 상태가 있지 않나요?" "그렇습니다." "혹시 관상동맥에 문제가 있으면 그렇습니까?" "그렇습니다." "관상동맥에 문제가 있으면 몸에는 어떤 증상이 나타납니까?" "여러 가지가 있는데…" "가슴 통증? 숨가쁨? 피로?" "그렇습니다." 그러자 캐피가 군의관이 평소 산티아고를 진단한 차트를 제시했다. "증인께서 산티아고에게 진단하신 부분을 읽어주시죠." 군의관은 내키지는 않지만 어쩔 수 없다는 듯 자신이 작성한 차트를 읽으며 말했다. "건강하기는 하지만 다음과 같은 통증이 발견된다. 가슴 통증, 숨가쁨, 피로…."

캐피는 독살이 아닐 수 있음을 자신의 입이 아닌 증인의 입을 빌려 진술하게 했다. 다른 사람도 아닌 군의관이 평소 산티아고에게서 가슴 통증, 숨가쁨, 피로를 발견했음을 밝혔다. 그것으로 산티아고의 관상동맥에 평소에 문제가 있음을 추정하게 한 뒤, 배심원들로 하여금 독이 아닌 관상동맥 문제로 인해 산티아고에게 산독증이 발생할 수 있었다는 의심을 불러일으켰다. 세련되고 정교한 질문 순서가 아닐 수 없다. 아마 처음부터 대뜸 "산티아고에게 관상동맥 문제가 있었으니 산독증이 발생한 것 아니냐?"라고 물었다면 군의관은 그렇지 않다는 100가지 변명을 댈 수 있었을 것이다.

이어 캐피는 동료 부대원을 증인으로 불러 코드 레드가 실제로 있었음을 확인한다. 그러자 군검사는 코드 레드의 존재 자체를 부인하고자 증인에게 부대 안내와 정보 책자를 건네며 물었다. "여기 어디에 코드 레드가 쓰여 있습니까?" "쓰여 있지 않습니다." 그러자 캐피가 군검사의 책자를 빼앗아 들고 부대원에게 물었다. "여기에 식당이 어디 있는지 쓰여 있습니까?" "쓰여 있지 않습니다." "그런데 어떻게 알죠?"

"자연스럽게 알게 됩니다."

식당의 위치가 책자에 쓰여 있지 않다고 존재를 부인할 수 없듯 코드 레드 또한 마찬가지이다. 캐피는 군검사의 공격 논리를 방어 논리로 그대로 차용했다. 논리의 허점을 절묘하게 파고든 것이다.

마지막으로 캐피는 사령관을 증인으로 신청했다. 캐피는 자신의 권위가 무시당하는 것을 극도로 싫어하는 사령관의 속을 긁어냈다. "증인은 산티아고를 건드리지 말라고 분명히 소대장에게 명령했습니까?" "그래." "소대장이 증인의 명령을 어길 가능성은 없습니까? 늙은이는 틀렸어, 이러면서?" "내 명령을 소대장이 어긴다고? 이봐, 전방에서 근무한 적이 있나? 우리는 명령을 반드시 따라." "그러면 증인의 명령으로 산티아고는 안전한 것이 분명하지 않습니까? 그런데 증인은 왜 산티아고를 전출시키려고 했던 것입니까? 혹시 증인의 명령은 무가치한 것 아니었습니까?" "뭐라고?" "묻겠습니다! 당신이 코드 레드를 지시했지요?" "그래! 젠장, 내가 그랬다!"

사령관은 부하가 자신의 명령을 어기는 상황, 나아가 그렇게 다른 사람들이 인식하는 상황을 도저히 받아들일 수 없었다. 그가 산티아고를 건드리지 말라고 명령했다면 산티아고는 안전했어야 했고 전출할 이유도 필요도 없었다. 그런데 사령관은 산티아고를 괴롭힘 때문에 전출하려 했다는 거짓말을 덧붙였다. 그러다 보니 산티아고의 전출은 결과적으로 사령관의 명령이 무시되는 상황이 되어버렸다. 자가당착에 빠진 사령관은 그 상황을 참을 수 없어서, 자신의 명령으로 산티아고를 괴롭힌 것이라 밝혔다. 그것이 가져올 폭풍은 염두에 두지도 않고.

그날의 '진실'은 변하지 않는다. 이는 증명의 영역이 아니라 실제의 영역이다. 증명되지 않는다고 하여 진실이 부정될 리 없다. 그러나 이 진실을 하늘도 알고 땅도 알고 당사자는 알 수 있을지 몰라도 제3자가 파악하기는 어려운 것이 현실이다. 그렇기에 재판은 진실의 그림자인 '사실'을 드러내 인정하고 이를 통해 진실을 재구성하는 고된 과정이 된다. 어쩌면 이 글 첫머리에 적힌 판결은 판사 스스로 하는 다짐 같은 것일지도 모른다. '허위, 과장, 왜곡, 착오를 배제하고 진실을 반드시 찾아내고야 말겠다'는 그런 다짐 말이다.

조율
최선을 향한 뜨거운 과정

"사법절차의 경우도 심리와 판결은 원칙적으로 공개하도록 하면서도,

그 심판의 합의는 공개하지 아니하도록 하여

재판의 독립성을 보장하고 있다(법원조직법 제65조)."[18]

합의부로 구성된 하급심 재판부에서는 3인이 서로 미리 읽은 사건의 쟁점을 확인하고 각자의 의견을 제시하며 서로 논의한 뒤, 생각이 다르면 다시 기록을 보고 재차 논의한다. 그리고 판결의 방향과 내용을 구체적으로 확정한다. 이것을 우리는 '합의'라고 한다.

합의를 둘러싼 판사들의 에피소드야 많지만, 오래된 농담

---

18 서울고등법원 1999. 9. 29. 선고 99누1481 판결.

을 꺼내 들자면 이런 식이다. 중요 사건의 주요 쟁점을 열심히 파악하고, 나름의 의견을 정리해 합의에 들어간 초임 배석판사. 하지만 날아든 재판장의 질문은 전혀 뜻밖의 것이었다. "피고인의 출신 초등학교는?" 어안이 벙벙했던 배석판사에게 재판장은 말했다. "모르는 모양이군요. 기록 다시 읽어야겠네요." 배석판사는 절치부심하여 피고인의 출신 초등학교는 물론 중학교, 고등학교까지 확인했다. 그 후 배석판사가 다시 합의에 들어가 그 이야기를 꺼내려 하자 재판장이 말했다. "그것은 중요한 것이 아니니까 잠깐 접어둡시다."

배석판사를 골탕 먹이는 것이라거나 혹은 재판장이 심했다는 식으로 이 에피소드는 대체로 소비된다. 하지만 그만큼 기록을 꼼꼼히 읽고 같이 사건을 논의해 보자는 뜻으로 (억지로나마) 좋게 생각해 본다. 게다가 이러한 에피소드를 들었다 해도 재판부 내 합의가 불필요하다는 데까지는 결코 논의가 이어지지 않는다. 합의에 이르는 과정이 어떻든 합의하는 그 자체만으로 무조건 도움이 되기 때문이다.

전혀 동질적이지 않은 사람들의 합의도 도움이 된다.

1968년 미군 잠수함이 갑자기 흔적도 없이 사라지자 군이 당황했다. 수색을 어디서부터 할지 갈피조차 잡지 못했다. 과학자 존 크레이븐John P. Craven이 꺼내 든 카드는 협업이었다. 다양한 분야의 전문가에게 잠수함의 침몰 위치를 물어보고 각 시나리오와 결과치를 종합·분석해 결과를 도출하는 방법. 개별 전문가의 예측이 정확하지는 않더라도 이들의 평균 예상치는 진실에 가깝지 않을까 하는 생각이었다. 그리고 믿을 수 없게도 해당 결과는 실제 침몰 위치에 상당히 근접했다고 한다.

　심지어 이상한 사람과의 합의도 도움이 된다. 예전에 『옥스퍼드 영어사전』을 만들 때 참여형 방식이 포함되었다. 편집자 제임스 머리James Murray는 지식인들이 보는 잡지에 엽서를 끼워 보냈다. 책을 읽다 혹시 표현이 특이하거나 오래된 것 같아 조사가 필요하다 싶으면 알려달라는 것이었다. 편집부는 특히 윌리엄 마이너William Chester Minor에게 도움을 받았다. 윌리엄 마이너는 여러 책을 읽고 예문을 정리해 두었다가 편집부의 요청에 걸맞게 보내주었다. 그는 이렇게 편집부와 10년 넘게 교류했다. 그의 기여도는 상당했기에 제임스 머리가 윌리엄 마이너를 찾아 직접 만났다. 그때서야 제임스 머리는 그가 사실은 정신질환을 앓고 있었던 것을 알게 되었다. 이후 제임스 머리는 그에게 헌사를 바쳤다. "그가 보내준 인용문만으로 지난 400년을 쉽게 묘사할 수 있었다We could easily illustrate the last four centuries from his quotations alone."

이렇게 여럿이 머리를 맞대는 이유는 한 사람의 해답이 반드시 정답이 아닐 수 있기 때문이다. 지혜롭고 타당한 결론을 얻기 위해서는 질문하고 궁리하는 과정이 필요하다. 합의부 재판장이 배석판사에게 "다른 판사들에게도 물어보고 다시 논의해 보는 것은 어떨까요?"라고 늘 묻는 까닭은 여러 각도와 다양한 시선에서 사안을 깊이 있게 이해하기 위해서이다. 형사 단독 재판장들이 점심을 꼭 같이 먹으려 하는 것도 비슷한 이유 때문이다. 밥 먹는 김에 서로 묻고 답하면서 논의하고 연구하는 시간을 갖기 위해서이다.

이 글 첫머리에 적은 판결 문장처럼 법에서는 판사들의 합의를 공개하지 못하도록 하고 있다. 합의 과정이 공개될 경우 그때부터 외부의 시선과 의견이 개입되어 재판의 독립성에 영향을 줄 수 있기 때문이다. 나는 이 판결 문장에 매우 동의한다. 합의는 허심탄회하게 이루어져야 한다. 판사들이 서로 마음을 내놓고 의견을 맞부딪쳐야 한다. 고상하고 점잖은 합의보다는 오히려 신랄하고 투쟁적이어서 뜨거운 합의가 바람직하다. 그래야 꼼꼼하고 정돈된, 차가운 결론을 내릴 수 있다.

2

우리는
방법을
찾을 것이다,
늘 그랬듯

말을 절제하며 정확하게 쓰려고 한다는 점에서 시와 법은 닮았다. 법은 첨예하게 대립하는 현실 사이에서 작동한다. 이 첨예한 대립적 현실을 언어로 담아내야 하기에 법 역시 언어를 계속해서 갈고닦을 수밖에 없다. 예컨대 새로운 법을 제정할 때 압축적이면서도 섬세하게 문장을 만들고자 하고 그 정제된 문장을 해석하고자 노력하면서 해석론이 발달하게 된다. 이것은 마치 시에서 작법과 해법이 존재하는 것과 마찬가지이다.

설득 을 위하여

오늘을 위한 새로고침

"다수의견(은) ⋯ 일반적으로 선조에게 제사를 지내야 하는 것을
간접적으로 시사(한다).["19]

나는 싸움을 싫어하지만 필요할 때는 싸워야 한다고 생각한
다. 물은 고일 때보다 흐를 때 생명력이 있고, 세포도 계속해
서 분열하고 탄생해야 우리가 건강한 것처럼. 그러니까 때로
는 싸우는 것도 좋다. 역동성을 획득한다는 점에서.

사실 재판도 싸움의 연속이다. 싸움이되 논리로 하는 싸움,
이른바 '논쟁論爭'이다. 문제는 재판할 때나 판결문을 쓸 때
막싸움을 해서는 안 된다는 것이다. 막싸움은 품위도 없지만

---

[19] 대법원 2008. 11. 20. 선고 2007다27670 전원합의체 판결 중 상고이유 제
1점에 대한 대법관 안대희, 대법관 양창수의 반대의견.

효과도 없다. 고급 기술을 구사할 수 있을 때 비로소 유유悠悠한 고수가 될 수 있다. 그렇다면 고수가 되기 위해서는 어떻게 해야 할까? 내가 생각한 결론은 간단하다. 무협지에서 초보가 고수를 만나 배움을 청하는 것처럼 나도 싸움의 고수들에게 배우면 되지 않을까? 게다가 우리네 고수들은 무협지 고수와 달리 친절하게도 자신들의 무공 초식을 일일이 글로 적어 공개하는걸?

내가 전원합의체 판결을 좋아하는 이유는 단연코 이 때문이다. 대법관들은 전원합의체 판결에서 서로 치열하게 다투면서도 그들의 기술을 투명하게 보여준다. 전원합의체 판결을 읽으면서 나는 대법관들이 구사하는 현란한 싸움의 기술을 배울 수 있었다. 지금 내가 고수인지는 모르겠지만, 적어도 전원합의체 판결 덕분에 한층 발전했다고 생각한다. 여기서는 내가 파악한 그들의 흥미로운 싸움 기술 한 가지만 공유해 보도록 한다.

본처와의 사이에 3남 3녀를, 후처와의 사이에 1남 2녀를 둔 사람이 있었다. 그가 세상을 떠나자 생전 그의 뜻대로 후처의 자식들이 그를 공원묘원에 안장했다. 본처의 장남은 돌아가신 아버지의 유체를 공원묘원에 안장할 수 없다며 이장을 요구했다. 후처의 자식들은 돌아가신 아버지가 생전에 이곳에 안장되길 바랐다며 거부했다. 협상은 결렬되었다. 본처의 장남은 후처의 자식들에게 돌아가신 아버지의 유체를 인도해 달라는 소송을 법원에 제기했다.

대법원 전원합의체가 열렸다.[20] 다수의견에서는 본처의 장남 손을 들었다. 그들이 쌓은 논리 구조를 들여다보자.

① 민법에서는 제사용 재산을 '제사를 주재하는 자'가 승계한다고 규정하고 있다(제1008조의3).

② 이 규정은 우리가 조상 숭배와 제사 봉행이라는 전통을 보존해야 함을 알려준다.

③ 그러므로 '제사용 재산'을 승계한다는 것은 곧 '가계'를 계승한다는 것과 같다.

20　대법원 2008. 11. 20. 선고 2007다27670 전원합의체 판결.

④ 그런데 제사를 주재하는 사람은 종손, 곧 적장자인 것이 원칙이다.

⑤ 그러므로 이 사건에서도 본처의 장남이 적장자로서 제사의 대상인 선친의 유체와 유골을 승계한다(선친이 매장 장소를 유언으로 남겼어도 그 유언에 법률적으로 구속되지 않는다).

다수의견의 논리를 그림으로 표현해 보면 이런 식이다.

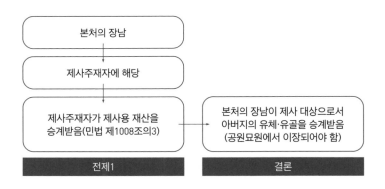

다수의견과 다른 의견을 가진 반대의견에서는 이 주장을 어떻게 논파하고자 했을까? 반대의견에서는 우선 다수의견

의 논리 중 "③ 그러므로 '제사용 재산'을 승계한다는 것은 곧 '가계'를 계승한다는 것과 같다"라는 말은 '제사를 지낸다' 또는 '제사를 지내야 한다'라는 속뜻을 전제하고 있는 것임을 밝혔다. 이 글 첫머리에 적은 판결의 문장이 바로 그것이다.[21] "다수의견이 법 판단의 근거로 조리를 끌어들이고 그에 기하여 장남 등이 민법 제1008조의3에서 정하는 '제사를 주재하는 자'가 된다고 판단한 것은 실제로는 … 장남 등에게

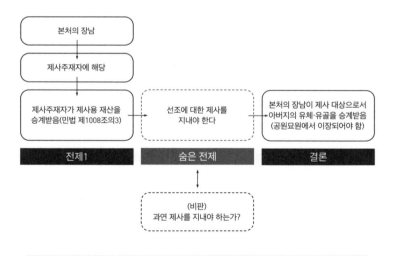

---

21 대법원 2008. 11. 20. 선고 2007다27670 전원합의체 판결 중 상고이유 제1점에 대한 대법관 안대희, 대법관 양창수의 반대의견.

제사를 주재할 것을, 나아가 일반적으로 선조에게 제사를 지내야 한다는 것을 간접적으로 시사하는 것이 (된)다."

그리고 반대의견에서는 묻는다. "제사를 꼭 지내야 하는가?" 국가가 개인에게 '제사'를 지내라고 강제할 수 없고(그래서도 안 된다), '제사'라는 것을 반드시 전통 유교식 제사로 한정할 필요도 없다(간단한 추도로도 가능하다. 이럴 경우 '제사용 재산' 자체를 상상할 수 없다). 제사를 반드시 지내야 하는가? 제사를 지내는 사람이 없거나 제사용 재산이 없는 경우에는 어떻게 하겠는가?

이러한 논리를 바탕으로 반대의견에서는 '자신이 죽은 후에 사랑하는 유족들이 유체를 두고 서로 편을 갈라 싸운다는 것은 상상만으로도 끔찍한 일'이니, 아버지가 생전에 공원묘원에 묻히길 원했다는 걸 존중해 공원묘원에서 '안식'할 수 있도록 하자는 결론을 냈다.

나는 반대의견을 읽어갈 때, 그들이 툭 던진 질문이 충격적이었다. "제사를 꼭 지내야 하는 것인가?" 다수의견을 읽을 때 나는 그 내용을 아무런 의문 없이 술술 읽고 수긍했었다.

그런데 그러한 나의 무의식에 '제사'에 대한 개인적 경험과 선입견이 녹아 있었다니! 비록 반대의견은 다수의견을 설득하는 데 성공하지 못했지만 적어도 나와 같은 독자에게는 울림을 주었다. 반대의견에서 사용한 싸움의 기술, 즉 '상대의 논리 구조를 분석하고 약한 연결고리를 공격하는 초식'이 내겐 무척 매력적이었다.

그러고 나서 이 판결을 다시 보니 사건에 대한 이해가 보다 넓어졌음을 체감한다. 다수의견과 반대의견의 찰진 싸움 덕분이다. 처음에는 돌아가신 아버지를 어떻게 모실 것인지를 두고 본처 자식과 후처 자식 사이에 벌어진 다툼으로만 이해했다. 그러나 이제는 '제사'의 본질, 나아가 '죽음(안식)'의 의미까지 생각하게 된 것이다. 이처럼 깊은 고민 끝에 이 판결은 결론을 냈다. 그래서 더 나은 논의를 담을 수 있지 않았을까? 그리고 이것이 싸움의 진정한 효능이 아닐까?

이 판결은 2023년에 일부 변경되었다.[22] 앞서 본 것처럼 당

---

22 대법원 2023. 5. 11. 선고 2018다248626 전원합의체 판결.

시 판결에서는 제사 주재자로 '장남'을 우선시했다. 그러자 2023년 다수의견은 '남성이 여성보다 우선하여 제사를 주재한다'는 종전 다수의견의 전제에 "왜 그래야 하는 거지?"라며 새삼 질문을 던지며 싸움을 걸었다. 그리고 거센 싸움 끝에 이제는 '양성평등의 이념에 따라 직계비속 중 최근친 연장자(남녀 불문)가 제사 주재자가 된다'는 결론이 나왔다. 이렇듯 판사의 싸움은 계속되고 있다. 아마 2023년의 판결도 언젠가 또 나올 반박과 질문에 마주쳐 새로운 싸움을 벌여야 할지 모른다. 그리고 나는 이렇게 싸움의 격랑이 끊이지 않는 것이 참 좋다. 우리가 법을 어제의 시선에 머물러 보지 않고 오늘도 계속 '새로고침'을 해서 보는 듯하기 때문이다.

선례
어제의 필요와 존중

"기존의 판례는 유지되어야 한다."[23]

나는 "기존의 판례는 유지되어야 한다"라는 판결 문장을 만났을 때, 굳이 이러한 문장을 판결에 명시할 필요가 있는지 의문을 가졌다. 판사의 주장이 기존 판례와 같다는 것만으로는 그 주장이 정당하다고 판단할 근거는 없는 것 아닐까? 판사 자신의 주장 자체로 설득력 있는 논거를 제시하면 될 텐데 굳이 기존 판례를 근거로 끌어들일 이유가 있었을까? 자칫 이 문장이 "기존 판례를 유지하자"라는 판사의 선언으로 오해되어, 필요한 논의를 멈추게 하는 것은 아닐지 걱정되기도

---

23 대법원 2018. 5. 17. 선고 2017도4027 전원합의체 판결.

했다. 하지만 나는 이 문장이 쓰인 배경을 더 살펴보고는 그 속뜻을 이해할 수 있었다.

부동산을 누군가에게 매도하고 계약금과 중도금을 받았음에도 등기는 다른 사람에게 넘겼다. 이른바 '부동산 이중매매' 사안이다. 이때 매도인이 첫 번째 매수인의 신뢰를 배신했다며, 그를 '배임'으로 형사처벌까지 해야 할지 문제가 될 수 있다.

대법원에서는 1975년부터 부동산 이중매매 사안에서 매도인을 배임으로 처벌하는 법리를 이어왔다. 이 법리는 그동안 배임의 본질과 관련하여 무수한 비판을 받아왔다. 형법상 배임죄는 '타인의 사무를 처리하는 자'가 임무를 위배하여 본인에게 손해를 가한 때 성립한다. 매도인의 의무는 매매 계약에 따른 '자기의 사무'일 뿐 '타인의 사무'에 해당한다고 볼 수 없다는 것이 비판론의 핵심이었다.

매우 강력한 비판이었지만 대법원에서는 2018년에도 이 법리를 유지하기로 새삼 결정했다. 우리나라에서 부동산은 경제생활에서 차지하는 비중이 무척 크고, 따라서 부동산을 목적으로 한 거래도 매우 중요하다. 그러므로 부동산 거래를 규율할 때는, 배임죄로 하여금 그 본연의 기능을 다하게 함으로써 개인의 재산권 보호에 힘써야 한다. 이러한 현실과 규율의 필요성은 지난날과 달라지지 않았다. 판례가 오래전 세운 법리는 그동안 부동산 이중매매를 억제하고 매수인을 보호하는 역할을 충실히 수행해 왔다. 2018년 대법원에서는 이러한 상황을 모두 확인한 후 "기존의 판례는 유지되어야 한다"라는 문장을 적은 것이다.

요컨대 2018년의 판결은 기존 판례가 만들어진 상황과 이유를 살핀 뒤, 그것이 여전히 유효함을 확인하고 기존 판례를 통해 만들어진 질서의 가치를 인정한 것이 아닐까? 어쩌면 선례를 살피는 것은 완성된 결과물로서 선례 자체를 받든다기보다 선례가 만들어지기까지 그 지난했던 집적의 과정을 '존중'한다는 의미로 이해할 수 있지 않을까?

소규조수蕭規曹隨라는 고사성어도 같은 맥락에서 이해할 수 있다. 중국 한漢나라를 세우는 데 큰 공을 세운 조참은 재상 자리에 올랐음에도 아무런 일을 하지 않았다. 술을 마시며 일을 하지 않고 기강을 세우지 않으니, 황제가 걱정하며 연유를 물었다. 조참은 자신의 선임이었던 명재상 소하와 그의 공로를 되새기며 답했다. "소하가 이미 밝게 법령을 정했으니, 직분을 지키며 옛 법도를 따르면 충분하기 때문입니다." 조참은 '잘된 선례를 따른다'는 분명한 국정운영 철학을 가지고 있었다. 소하가 만들고 조참이 따른다는 뜻의 소규조수도 좋은 선례를 존중하고 따름으로써 천하의 안정을 도모하겠다는 조참의 의지로 해석할 수 있는 것이다.

판사는 통시적으로 선례를 존중하고 공시적으로는 외국 사례를 검토한다. 법철학자 라드브루흐G. Radbruch가 "과거에 철학이 하던 일을 현대에는 '비교'가 한다"라고 하거나[24] 영국의 법학자 로손F. H. Lawson이 "프랑스 법에 대해서도 조금 알아야 더 나은 영국 법률가가 될 수 있다"라고 한 사실은 모두 외국 사례 검토의 중요성을 강조한 것이라고 할 수 있다.[25]

---

24 라드브루흐 지음, 최종고 옮김(1975). 『법철학』, 삼영사; 최종고(1995). 「법학의 비교연구방법」, 『비교문화연구』, (2), 143-166에서 재인용.

40대 부부가 두 살 아이를 입양하고자 하는 신청을 했다. 원래대로라면 서로 입양 의사가 있는지 등 입양 요건을 심사하면 충분한 보통 사건일 수 있었다. 하지만 이 사건에서 입양을 신청한 부부는 사실 그 아이의 외할아버지와 외할머니였다. 18세 무렵 아이를 낳은 딸은 그 아이를 아버지와 어머니에게 맡겼고, 그때부터 아이를 쭉 키운 외할아버지와 외할머니가 손자를 자식으로 입양하는 것을 허가해 달라는 신청을 한 것이다.

할아버지가 아버지로, 할머니가 어머니로 바뀌는 것을 허용할 수 있을까? 어려운 문제에 대해 다수의견에서는 조부모가 미성년의 손자녀를 입양할 수 있음을 긍정하면서 미국과 독일의 사례를 근거로 들었다.[26] 현대적인 입양법제를 가진 미국과 독일에서 어째서 이를 허용하고 있는지 그 배경과 과정, 논리를 살펴보고 이것이 오늘날 우리나라에도 적용될 수

---

25   로슨, F. H. 지음, 양창수 옮김(1994). 『대륙법입문』. 박영사; 최종고(1995). 「법학의 비교연구방법」, 『비교문화연구』, (2), 143–166에서 재인용.
26   대법원 2021. 12. 23.자 2018스5 전원합의체 결정.

있다는 뜻이었다. 효과적인 설득 근거가 되었음은 두말할 나위 없다.

예전 사례와 유사 사례를 살펴보는 일은 분명 지금 판단에 도움이 될 것이다. 당장 눈앞의 것을 넘어 다양한 과거 사례와 다른 나라 사례를 참고한다면 논의의 지평이 수직적으로나 수평적으로 분명 넓어질 것이다. 판사가 선례와 비교법 사례를 탐구한 뒤 이를 존중하는 태도를 보이는 것은 바로 이런 이유에서이다.

다만 나는 선례와 외국 사례를 인용할 때 신중함을 잊어서는 안 된다고 생각한다. 사회는 끊임없이 변한다. 선례와 외국 사례를 변화하는 지금의 우리 사회에 평면적으로 적용할 수는 없다. 부동산 이중매매 사건에서 반대의견이 "다수의견은 대법원 판례의 흐름과도 맞지 않는다"라고 비판하거나 조부모의 미성년 손자녀 입양허가 사건에서 반대의견이 "가족제도와 문화 등이 다른 외국의 사례를 근거로 삼을 수 없다"라고 지적한 것도 바로 이러한 점을 경계했기 때문일 것이다. 따라서 선례와 외국 사례를 참조할 때는 언제나 이들이 만들어진 배경을 잘 살펴 지금 우리가 그와 같은 맥락에 있는지 확인할 필요가 있다. 만약 서로 다른 맥락에 위치한다면, 선례와 외국 사례를 우리 문제에 기계적으로 반영할 수는 없다. 선례와 외국 사례를 존중하는 것은 그래야만 하는 '당위'가 아니라 우리의 문제 해결에 도움이 되기에 참조하는 '필요'임을 잊지 말아야 하겠다.

밀고 두드리는 법

> "국립국어원의 표준국어대사전은
>
> 항로를 '항공기가 통행하는 공로空路'로 정의하고 있다.
>
> **국어학적 의미**에서 항로는 공중의 개념을
>
> 내포하고 있음을 분명히 알 수 있다."[27]

어렸을 때 '퇴고推敲'라는 고사성어를 보면서, 고사의 주인공 가도와 한유가 무척 한가하다고 생각했다. 퇴고의 유래는 이렇다. 가도가 시를 짓다가 스님이 문을 '민다(퇴推)'가 좋을지 '두드린다(고敲)'가 좋을지 한참 고민하던 중, 당대 내로라하는 문장가 한유의 우연한 조언으로 '두드린다'를 선택했다는

---

27 대법원 2017. 12. 21. 선고 2015도8335 전원합의체 판결.

이야기. 나는 답답했다. 스님이 문을 밀든 두드리든 전체적인 의미가 전달되는데, 굳이 낱말 하나에 이렇게까지 집착할 필요가 있을까? 그런데 놀랍고 믿을 수 없게도, 내가 지금 하는 일이 가도와 한유가 했던 일과 얼추 같다.

시는 제한된 형식과 양식을 갖는다. 시의 성인聖人이라 불리는 두보의 오랜 시를 한번 보자. "강 푸르니 새 더욱 희고江碧鳥逾白, 산 푸르니 꽃 더욱 붉네山靑花欲然. 이 봄 눈앞에서 또 지나가니今春看又過, 어느 때야 돌아갈까何日是歸年." 오언절구, 즉 다섯 자씩 4구로 배열하는 식이다. 일본의 마쓰오 바쇼松尾芭蕉가 지은 하이쿠도 비슷하다. "오랜 연못古池や, 개구리 뛰어드는蛙飛び込む, 물소리水の音." 3행 5-7-5음 구조이다.[28] 조선시대 양사언이 지은 시조도 마찬가지이다. "태산이 높다 하되 하늘 아래 뫼이로다, 오르고 또 오르면 못 오를 리 없건마는, 사람이 제 아니 오르고 뫼만 높다 하더라." 3장 6구 4보 형식을 지킨다. 엄격한 형식을 지키기 위해서는 정확한 말을

---

28 ふるいけや かわず とびこむ みずのおと.

골라 써야 한다. 말을 낭비할 수 없기 때문이다. 시는 극도로 절제된 언어적 표현의 산물이다. 좋은 시를 짓기 위해서는 말을 벼릴 수 있어야 한다. 가도와 한유가 시를 퇴고한 것처럼.

말을 절제하며 정확하게 쓰려고 한다는 점에서 시와 법은 닮았다. 법은 첨예하게 대립하는 현실 사이에서 작동한다. 이 첨예한 대립적 현실을 언어로 담아내야 하기에 법 역시 언어를 계속해서 갈고닦을 수밖에 없다. 예컨대 새로운 법을 제정할 때 압축적이면서도 섬세하게 문장을 만들고자 하고 그 정제된 문장을 해석하고자 노력하면서 해석론이 발달하게 된다. 이것은 마치 시에서 작법과 해법이 존재하는 것과 마찬가지이다. 판사의 이러한 '언어적' 관심, 어쩌면 집착은 중요 사건에서도 유감없이 발휘된다.

여객기 객실 서비스 업무를 총괄하던 항공사 부사장이 뉴욕에서 인천으로 가는 자사 비행기의 일등석에 탑승했다. 그는 승무원에게 '땅콩'(혹자는 '마카다미아'였다고 한다)을 요구했다. 그런데 승무원의 서비스 방식이 그가 알던 규정과 달랐다. 분노한 그는 담당 승무원에게 비행기에서 내리라고 했다.

당시 비행기가 이미 푸시백Pushback(계류장의 항공기를 차량으로 밀어 유도로까지 옮기는 것)으로 이동하던 중이었음에도 말이다. 소란 소식을 들은 기장은 결국 푸시백을 중단하고 비행기를 다시 탑승구로 이동했다. 상황이 정리되고 출발한 비행기는 당초 예정보다 11분 늦게 인천에 도착했다.

언론에서는 이 사건을 '갑질 사건'이라 불렀다. 사람들은 부사장이 어떤 갑질을 저질렀는지, 그 수준이 어느 정도였는지, 향후 어떤 재발 방지책이 나올지 등에 대해 관심을 기울였다. 부사장이 기소되었을 때도 사람들의 관심은 '갑질'이 과연 형사처벌 대상인지, 그렇다면 어떤 처벌이 내려질지에 쏠렸다.

재판에서도 이러한 쟁점을 다루긴 했다. 하지만 부사장에 대한 대법원 판결은 갑질과 관련된 것보다는 다른 것에 집중되어 있었다. 사람들이 의아하게 생각할 정도로(어쩌면 실망할 정도로) 그 판결은 특정 단어, 즉 '항로'의 의미와 범위에 집중했다.[29]

항공보안법에서는 "위계 또는 위력으로써 운항 중인 항

공기의 '항로'를 변경하게 하여 정상 운항을 방해한 사람은 1년 이상 10년 이하의 징역에 처한다"라고 규정하면서도 (제42조), 항로가 무엇인지는 정의해 두지 않고 있었다. 대법관들은 푸시백을 개시한 비행기를 탑승구로 되돌린 부사장의 행위가 '항로' 변경에 해당하는지 여부를 고민했다.

부사장이 항공보안법 위반으로 처벌되려면 그가 항공기의 '항로'를 변경했어야 한다. 대법관들은 의견이 나뉘었다. 결론적으로 다수의견에서는 항로가 무엇인지 정의하지 않으면서, 적어도 지상에서의 이동 경로는 항로의 정의에 포함되지 않는다고 보았다.

① 법에서 용어를 직접 정의하지 않는 경우 원칙적으로 사전적 정의를 따르는 것이 옳다.

② 표준국어대사전에서는 항로를 '항공기가 통행하는 공로空路'라고 정의하고 있다.

---

29 대법원 2017. 12. 21. 선고 2015도8335 전원합의체 판결.

③ 사전에서 정의하는 항로에는 공중의 개념이 포함되어 있고, '지상에서의 이동 경로'는 공중의 개념이 포함된 항로와는 무관하다.

④ 따라서 항로는 '공중에서의 이동 경로'로 볼 수 있다.

⑤ 이 사건에서 항공기는 지상에서 이동했으므로 부사장이 '항로'를 변경한 것은 아니다.

이것이 다수의견의 논리였다. 이에 대해 반대의견에서는 맥락에 따라 '항로'라는 표현에 지상에서의 항공기 이동 경로가 포함될 수 있다고 반박하기도 했다. 다수의견과 반대의견이 각자의 관점에서 '항로'가 무엇인지 그 의미를 탐구하고 정의를 내리려 하는 과정을 지켜보면, 판결을 하는 사람이 판사인지 언어학자인지 헷갈릴 정도이다. 그만큼 판결에서 언어의 엄밀성이 중요하다는 것을 알 수 있다.

시와 법은 '언어'의 중요성을 상기시킨다. 언어를 세공하는 영역에 시와 법이 대표적으로 포함되지 않을까 하는 생각도 든다. 다만 법에서는 언어 해석의 다툼을 방지하기 위해 미리 '정의' 조항을 마련해 두기도 한다. 예컨대 어떤 단어가 둘 이상의 의미가 있거나(우리는 이것을 '애매하다'고 한다) 또는 어떤 단어의 구체적 대상이 무엇인지 알 수 없는 경우(우리는 이것을 '모호하다'고 한다) 그 뜻을 명확히 정해두는 것이다. 물론 완벽하지는 않지만.

　문득 엉뚱한 상상을 해본다. 시와 법이 맞닿아 있다면 시인과 법조인도 비슷하지 않을까? 그러고 보면 주변의 판사 중에서도 시인이 몇 분 계신 것 같다. 법을 읽는 시인, 시를 쓰는 법조인. 어색하면서도 어울릴 수 있지 않을까? 언젠가 만나고 싶지만 시인들이 판사들 재미없다며 손사래를 칠 것 같은 '느낌적인 느낌'이 든다. 지나친 자기 객관화일까?

숫자
객관과 오해 사이

"최근 질병관리본부에서 발표한 자료에 따르면,

2010년부터 2016년까지

물에 빠지는 사고로 응급실에 내원한 환자들의 사고 발생 장소 중

수영장 시설에서의 사고 발생 확률은

12세 이하 어린이의 경우 32.5%, 성인의 경우 12.9%로

어린이 사고의 비중이 성인 사고의 2.5배 이상이다."[30]

나는 이 판결문을 처음 만났을 때 당황했다. 글밥이 아닌 구체적 숫자가 적혀 있었기 때문이다. 판결이라기보다는 어떤 보고서를 본 듯한 느낌이 든 것은 숫자가 판결 전면에 나

---

[30] 대법원 2019. 11. 28. 선고 2017다14895 판결.

선 것에 익숙하지 않았기 때문이었다. 어째서 통계와 확률이 판사의 적절한 소화rephrase 없이 그대로 판결에 인용되었을까? 나는 그 맥락을 살펴보기로 했다.

한 야외 수영장이 있었다. 이 수영장에서는 성인 구역과 어린이 구역을 수면 위 로프로 나누었다. 그리고 성인 구역과 어린이 구역의 수심이 다르다는 것을 수영조 테두리에 안내했다. 하지만 두 구역이 물리적으로 분리된 것도, 성인 구역 앞에 '어린이 진입금지' 표지판이 설치된 것도 아니었다.

7세쯤 되는 아이가 이 수영장의 어린이 구역에서 물놀이를 하다가 나와 다시 수영조로 뛰어들었다. 이때 아이는 성인 구역으로 들어갔다(빠졌다는 표현이 더 적절할지 모른다). 아이가 튜브 없이 성인 구역에 빠진 것을 뒤늦게 누군가가 발견해 구했다. 하지만 아이가 크게 다쳤다.

수영장을 관리하고 운영하는 이에게 책임을 물을 수 있을까? 이 질문에 답하기 위해 판사는 무엇에 기댔을까? 판사는 통계와 확률을 들고 왔다(아래 ❶은 이 글 첫머리에 적은 판결 문장의 일부 내용이다).

① 2010년부터 2016년까지 물에 빠지는 사고로 응급실에 내원한 환자들의 사고 발생 장소 중 수영장 시설에서의 사고 발생 확률(2018년 질병관리본부 발표 자료)

- 12세 이하 어린이 32.5% > 성인 12.9%(12세 이하 어린이가 성인의 약 2.5배 이상)

② 2012년부터 2017년까지 물에 빠지는 사고로 응급실에 내원한 전체 환자 958명 중

- 9세 이하 어린이 287명(전체 환자 수의 30%)

그리고 이러한 통계와 확률에 근거해, 판사는 수영장을 관리·운영하는 자가 수영장에서의 물놀이 사고, 특히 어린이가 물에 빠지는 사고가 발생하지 않도록 적절한 안전기준을 갖추고 위험방지 조치를 취하는 데 최대한의 노력을 기울여야 함을 밝혔다.

수학자이자 물리학자인 윌리엄 톰슨William Thomson은 '숫자'의 중요성을 강조했다. "숫자로 표현할 수 있을 때 우리는 그것을 안다고 한다." 그의 이 말은 종종 "측정할 수 없다면

그것은 과학이 아니다"라는 식으로 인용되기도 한다.[31] 한발 더 나아가 통계학자인 C. R. 라오C. R. Rao는 "모든 과학은 추상적으로 수학이며, 모든 판단은 통계를 근거로 한다"라고도 했다.[32] 판결에서 제시된 숫자는 아마 이러한 믿음에서 비롯된 것이라고 생각한다. 개인의 생각이나 해석에 의존하는 것을 '주관'이라고 한다면 있는 그대로 세상을 바라보는 것은 '객관'이라 할 수 있다. 숫자는 객관에 들어맞는다. 숫자에 근거할 때 우리는 진실을 바로 볼 수 있게 된다.

하지만 '숫자는 객관적이다'라는 명제를 '숫자는 언제나 정확하고 진실을 전달한다'라는 뜻으로 받아들일 수는 없다. 통계와 확률도 결국 표현의 방식일 뿐이므로, 표현 과정에서 오해의 여지를 남길 수 있기 때문이다. 따라서 통계와 확률을

---

31 'From lecture to the Institution of Civil Engineers, London (3 May 1883), Electrical Units of Measurement', *Popular Lectures and Addresses* (1889), Vol. 1, 80-81: Lars Peter Hansen, 'Challenges in Identifying and Measuring Systemic Risk', *Risk Topography: Systemic Risk and Macro Modeling*, 15-30. 2014에서 재인용.

32 C.R.라오 지음, 이재창·송일성 옮김(2022). 『통계, 혼돈과 질서의 만남』. GDS Korea. 2022.

만날 때는 데이터와 분석상의 오류를 잘 살펴, 행여나 있을 오독을 방지할 필요가 있다.

남학생과 여학생이 대학의 A, B 학과에 지원했는데 전체 지원자와 합격자 비율이 다음과 같았다.[33] 이 통계를 보고 누군가는 "이 대학교에서는 남학생과 여학생을 차별하고 있다"라며 비판할지도 모른다. 하지만 이 숫자를 그대로 받아들이기 전에 의문을 가져볼 필요가 있다. 과연 그러한가?

	전체 지원자 수	전체 합격자 수	합격률
남학생	500명	320명	64%
여학생	400명	180명	45%

조금만 더 뜯어보자. 대학에는 A, B 학과가 있다고 했으니 학과별로 지원자와 합격자가 어떠했는지 살펴보면 어떨까?

뜻밖에도 모든 학과에서 남학생보다 여학생의 합격률이 높았다. 그런데도 이 대학교는 '남학생과 여학생을 차별하고

---

33 레일라 슈넵스·코랄리 콜메즈 지음, 김일선 옮김(2020). 『법정에 선 수학』. 아날로그(글담) 참조.

	A학과 지원자 수	A학과 합격자 수	합격률
남학생	400명	300명	75%
여학생	100명	90명	90%

	B학과 지원자 수	B학과 합격자 수	합격률
남학생	100명	20명	20%
여학생	300명	90명	30%

있다'고 할 수 있는가?

갸우뚱할 수 있다. "그렇다면 어째서 전체 합격률에서 남학생이 여학생보다 높았는가? 무언가 이상하다." 이상하지 않다. 이 사례는 통계를 읽을 때 유의해야 하는 '심슨의 역설Simpson's paradox'을 전형적으로 보여준다. 통계는 어떤 요소가 누락되면 '착시'가 발생하여 자칫 잘못 읽기 쉽다. 이 사례에서 남녀 합격률이 뒤집힌 이유는 지원자 수 차이 때문이다. 즉 A학과에 지원한 여학생의 수(100명)가 매우 적었기 때문에 벌어진 일이다.

오해가 쉽기는 확률도 마찬가지이다. '강력범죄 가해자가 백인일 경우 약 4%가 흑인을 대상으로 했지만 가해자가 흑인일 경우 약 39%가 백인을 대상으로 했다'는 내용의 '강력범죄 가해자의 인종별 피해자 분포' 확률을 가정해 보자.[34]

피해자 인종	가해자 인종	
	백인 (백인 전체 가해자 대비 비율)	흑인 (흑인 전체 가해자 대비 비율)
전체 강력범죄	2,781,854명	1,452,530명
백인	2,291,504명(82.4%)	560,600명(38.6%)
흑인	99,403명(3.6%)	594,508명(40.9%)

해당 확률을 고스란히 받아들인 백인은 흑인에게 분노할 가능성이 크다. 하지만 이 확률에 '인종집단별 인구 수'라는 요소를 넣으면 상황이 반전된다. 백인 인구와 흑인 인구 수를 고려하면 미국 인구 중 백인은 61%, 흑인은 13%를 차지하는데, 강력 범죄의 피해자 중 약 63%가 백인이고, 약 15%가 흑인이므로 특별히 이상한 점은 발견되지 않는다.

---

34 알베르토 카이로 지음, 박슬라 옮김(2020). 『숫자는 거짓말을 한다』. 웅진지식하우스 참조.

피해자 인종	연평균 피해자 수 (전체 피해자 대비 비율)
전체 강력범죄	6,484,507명(100%)
백인	4,091,971명(63.1%)
흑인	955,800명(14.7%)

게다가 가해자가 아닌 피해자를 중심으로 분포를 다시 살펴보자. '백인 피해자의 56%가 백인 범죄자로부터, 흑인 피해자의 약 62%가 흑인 범죄자로부터 피해를 보았다'는 평범한 결론이 도출된다.

피해자 인종	연평균 피해자 수	가해자 인종	
		백인 (백인 전체 피해자 대비 비율)	흑인 (흑인 전체 피해자 대비 비율)
전체 강력범죄	6,484,507명 (100%)	2,781,854명 (42.9%)	1,452,530명 (22.4%)
백인	4,091,971명 (100%)	2,291,504명 (56.0%)	560,600명 (13.7%)
흑인	955,800명 (100%)	99,403명 (10.4%)	594,508명 (62.2%)

우리가 판단을 내릴 때 그 근거가 추상적이고 막연해서는

안 된다. 그래서 우리는 숫자를 사용하기를 선호한다. 그런데 이왕 숫자를 사용하길 선택했다면 '정확한' 이해와 활용이 필요하다. 예컨대 통계와 확률을 활용할 때는 ❶ 통계의 획득 절차와 방법 ❷ 통계에 사용된 개념과 방법 ❸ 목적에 따른 오도 여부 등을 세심히 살펴볼 필요가 있다. 이러한 섬세한 과정을 거치는 이유는 우리가 객관적이라고 생각했던 숫자에 깜빡 잘못 유도될 수 있음을 경계하기 위함이다.

전문가

인용의 조건

"(1, 2심은) **정신과 전문의의 견해**(를) 고려하지 않은 …

잘못이 있다."[35]

10년 뒤 세계 경제를 가장 잘 예측하는 사람은 누구일까? 전직 장관? CEO? 명문대 학생? 아니면 환경미화원? 1984년에 영국 주간지 《이코노미스트》는 여러 직업군에게 10년 후 세계 경제를 예측해 달라는 질문을 했다. 질문을 받은 이들은 전직 재무부 장관, 글로벌 기업 CEO, 옥스퍼드 대학교 학생, 환경미화원이었다. 10년 뒤 《이코노미스트》가 묵힌 답변을 꺼내 들었다. 놀랍게도 정답에 가장 가까운 1등은 환경미화

---

35 대법원 2021. 2. 4. 선고 2017다281367 판결.

원 그룹이었다. 전직 재무부 장관들은 꼴찌였다.[36]

누군가는 이 에피소드를 보고 환경미화원보다 예측을 못하는 전문가를 우리가 신뢰할 수 있겠냐며 진지한 의문을 표시할 수도 있다. 하지만 나는 이런 에피소드는 전문가를 놀리는 가벼운 농담 정도로 받아들이는 것이 맞다고 생각한다. 조금 더 들여다보면 이 에피소드의 허술함을 쉽게 알 수 있다. 《이코노미스트》는 겨우 16명을 대상으로 질문했다. 표본 크기가 너무 작아 제대로 된 설문이라고 보기에 민망할 정도이다. 게다가 경제 예측 시기를 1994년으로 국한했다. 이런 설문 결과를 가지고 전문가의 역량을 평가하기는 어렵다. 이 설문으로 재미를 본 《이코노미스트》는 2011년에도 환경미화원 다섯 명에게 오바마 미국 대통령의 재선 가능성을 물었다. 네 명의 환경미화원이 오바마 대통령의 재선 실패를 예측했다. 하지만 그 예측은 완전히 빗나갔다.

전문가는 '특정 분야에 대해 깊이 있는 지식을 가진 사람'

---

36 폴 굿윈 지음, 김옥현 옮김(2018). 『예측, 일단 의심하라』. 니케북스.

이다. 한 분야에서 제대로 깊게 파고든 전문가가 있다면 그 분야에서만큼은 '전문가를 믿으라Experto crede'는 오래된 격언이 여전히 통용된다.

심리학자로서 전문가의 생각과 행동을 줄곧 연구해 온 제임스 샨토James Shanteau는 평범한 일반인이나 초보자와 달리 전문가는 ① 전문 분야에 대한 지식 ② 강한 자신감, 탁월한 의사소통 기술, 새로운 환경에의 적응력, 분명한 책임감 ③ 높은 집중력, 유의미한 것에 대한 감각, 예외를 확인하는 능력, 스트레스 상황에서 효율적으로 일하는 역량 ④ 역동적인 피드백의 사용, 의사결정 도구의 활용, 복잡한 문제의 분해, 어려운 상황에 대비한 사전적 대비 등의 역량을 가지고 있다고 했다.[37]

대체로 수긍할 수 있는 분석이다. 이는 판사가 재판하면서 전문가를 찾는 이유이기도 하다. 물론 판사도 법률 분야의 전

---

[37] Shanteau, J.(1992). 'Competence in Experts: The Role of Task Charac-teristics', *Organizational Behavior and Human Decision Processes*, 53(2), 252-266.

문가이지만 어떤 사안에 집중하는 스페셜리스트specialist라기보다는 넓은 범위를 아우르는 제너럴리스트generalist에 가깝다. 그래서 판사는 재판하면서 어떤 특정 사건, 예컨대 의료, 경제, 과학기술 등의 분야에서는 그 분야 전문가에게 의견을 묻는다.

초등학교 교사가 우울증을 겪고 있었다. 학부모의 폭언 등이 주요 원인이었다. 우울증으로 진단된 지 3년 정도 지나 그는 극단적 선택으로 세상을 떠났다. 비극적 사건으로 유족은 황망했지만 더 당혹스러운 일이 벌어졌다. 초등학교 교사는 공무원 단체상해보험에 가입하는데 사망하는 경우 보통 유족보상금이 지급된다. 하지만 보험회사에서는 유족보상금 지급을 거부했다. 계약에 따르면 '고의로 자신을 해친 경우'에는 보험회사에서 보험금을 지급하지 않아도 되기 때문이었다.

다만 계약에 예외 조항이 있었다. '정신질환 또는 심신상실 등으로 자유로운 의사결정을 할 수 없는 상태에서 자신을 해친 경우'에는 보험회사에서 유족에게 유족보상금을 지급

해야 했다. 이제 초등학교 교사의 죽음에는 '단순 자살'인지 아니면 '우울증 등으로 인한 자살'인지가 쟁점이 되었다.

당시 상황을 살펴본 1, 2심에서는 보험회사의 손을 들어주었다. 사망 전날 그가 정상적으로 출퇴근했고 사망 당일에도 특이한 행동이나 모습이 없었다는 점을 근거로 들었다. 하지만 대법원에서는 다르게 보았다. 전문가의 판단이 강력한 근거였다.[38] 이 글 첫머리에 적은 문장이 대법원의 판단이었다.

"(그를) 치료한 정신과 전문의의 전문적이고 의학적인 견해에 관한 증거가 제출되었고, 그 견해에 의할 때 (그는) … 학급 내 문제로 우울장애를 유발하는 스트레스를 겪은 후 … 주요 우울장애 상태에 있다고 판단할 수 있다. … (1, 2심은) 정신과 전문의의 견해(를) 고려하지 않은 … 잘못이 있다."

그러나 나는 '전문가의 의견은 존중할 필요가 있다'는 명

---

38 대법원 2021. 2. 4. 선고 2017다281367 판결.

제를 곧 '전문가의 의견을 받아들여야 한다'는 당위로 이해하지는 않는다. 전문가도 사람이기 때문에 실수할 수 있다. 어떤 경우에는 전문가의 의견이 명백히 틀릴 수도 있다. 전문가의 견해를 받아들이지 않는 판결 사례도 종종 찾아볼 수 있는 이유이다.

상해 진단서가 대표적이다. 한바탕 물리적 다툼이 있은 뒤 "상해 진단서를 끊겠다"라는 말을 흔히들 한다. 홧김에 뱉는 말이기도 하면서, 단골 동네 병원 의사에게 사정을 설명하면 그깟 진단서 하나 못 끊겠는가 하는 뱃심이기도 하다. 폭행과 상해는 법적으로 구별되고 상해가 폭행보다 무거운 처벌을 받는다는 사실을 다들 알고 있으니까, 내가 당한 것은 그저 폭행이 아니라 상해라는 주장이다.

그래서 어떤 판결에서는 상해 진단서의 내용을 믿지 않기도 한다. 의사라는 전문가가 써준 것이지만 그것만으로 죄의 유무를 가리고 처벌의 수위를 높이는 것은 위험할 수 있다는 점을 알기 때문이다. 대체로 다음과 같은 상황이다.

오피스텔 주인과 세입자가 보증금 반환 문제로 언쟁을 벌였다. 세입자가 앞을 가로막자, 집주인이 비키라며 그의 웃옷을 잡아당겨 넘어뜨렸다. 세입자는 병원에서 2주간의 치료가 필요한 요추부 염좌상(쉽게 말해 허리 부상이다)을 당했다는 상해 진단서를 발급받았다.

이야기를 여기까지만 들으면 세입자는 상해를 입은 것처럼 보인다. 하지만 상황을 좀 더 들여다보자. 세입자는 실랑이가 있은 뒤 7개월 정도 지나서야 상해 진단서를 발급받았다. 진단서를 발급한 의사는 60대인 세입자를 살펴봤을 때 이미 노화 흔적이 있어, 어떻게 할지 주저했다고 법정에서 말했다. 그런데 환자가 "집주인이 밀쳐서 다쳤고 지금까지 허리 통증이 있다"라고 말해 그의 말대로 진단했다고 했다. 그리고 한마디를 덧붙였다. 환자가 허리가 아프다고 하면 그와 같은 진단은 '얼마든지 나갈 수 있다'고. 진단서를 발급받고 세입자는 별다른 치료를 받지도, 처방받은 약을 구입하지도 않았다.

집주인은 세입자를 '상해'했는가? '상해 진단서'를 믿을 수 있는가? 판결에서는 "상해 진단서의 객관성과 신빙성을 의심할 만한 사정이 있는 때에는 그 증명력을 판단하는 데 매우 신중하여야 한다"[39]라고 하면서 이 사건에서 상해 진단서를 믿지 않았다.

이처럼 판결에서는 구체적 상황에 따라 전문가의 판단을 어느 때는 받아들이고 어느 때는 받아들이지 않는다. 판결에서 전문가의 판단을 받아들이거나 받아들이지 않은 이유를 세심히 살펴보는 것도 판결을 바라보는 또 다른 흥미로운 관점이 될 것이다.

---

39 대법원 2016. 11. 25. 선고 2016도15018 판결.

평균
판단의 기준

> "(동물보호법)에서 금지하는 잔인한 방법인지 여부는 특정인이나
>
> 집단의 주관적 입장에서가 아니라
>
> **사회 평균인**의 입장에서 … 판단하여야 한다."[40]

평균은 집단의 데이터가 가지는 '인상'을 가장 쉽고 빠르게 제공한다. 그래서 나는 많고 다양한 숫자를 접할 때 평균을 먼저 찾는다. 예컨대 어떤 나라의 기후를 알고 싶을 때 '평균 기온'을 확인하거나, 어떤 물건에 정당한 셈을 치르고 싶을 때 '평균 가격'을 찾아보는 식이다. 하지만 판결에서 쓰이는 '평균'은 사뭇 다르다. 우리가 익히 알고 있는 '평균'과 달리

---

[40] 대법원 2018. 9. 13. 선고 2017도16732 판결.

복잡하고 어렵게 느껴지는 것은 나만의 기분일까?

개 농장을 운영하는 사람이 있다. 그는 농장 도축시설에서 개를 도살했다. 전기가 흐르는 쇠꼬챙이를 개의 주둥이에 대어 감전시키는 방식으로. 이러한 '전살법電殺法'은 개 식용을 위해 도축업자들이 일반적으로 사용하는 방식이었다.

하지만 전살법에 대해 개를 잔인하게 죽이는 방식이라는 지적이 있었고, 금지해야 한다는 주장이 나왔다. 마침 동물보호법에서는 "누구든지 목을 매다는 등의 잔인한 방법으로 동물을 죽여서는 안 된다"라고 규정하고 있었다. 이제 전살법이 동물보호법에서 금지하는 '잔인한 방법으로 동물을 죽이는 것'에 해당하는지가 쟁점이 되었다.

'잔인하다'는 것은 뭘까? 국어사전에 의하면 '인정이 없고 아주 모질다'는 뜻이다. 그런데 이를 과연 누가 판단할 수 있을까? 전살법이 '인정이 없고 아주 모진 방식'인지 아닌지에 대해서는 사람마다 생각이 다르지 않겠는가? 그래서 대법원에서는 이 글 첫머리에 적은 문장처럼 판단의 기준으로 '사회 평균인'을 데려왔다. "잔인한 방법인지 여부는 … 사회 평균인의 입장에서 … 판단하여야 한다.”

언뜻 들으면 고개를 끄덕이게 된다. 개 도축업자의 입장에 치우쳐서도 안 되고, 동물보호단체의 입장만 편들어서도 안 되며, 판사 개인의 판단에만 맡겨서도 안 된다. 그러니 사회 평균인의 입장을 고려해야 한다는 것은 수긍할 수 있다. 그런데 사회 평균인은 도대체 누구인가?

사회 평균인이란 ‘사회 구성원의 산술 평균값에 해당하는 사람(실증적 평균인)’을 의미하는 것일까? 그렇게 보기는 어렵겠다. 사회 평균인은 ‘잘잘못을 판단하는 도구’이다. 어떤 사람의 행위를 두고 옳은 것인지 그른 것인지를 판단할 때, 사회 평균인이라는 가상의 주체를 불러와서 “사회 평균인이라면 어떻게 했을까?”를 생각해 보는 것이다. “사회 평균인이라면 그렇게 행동하지 않았을 것이다”라는 결론이 나오면 그의 행위를 잘못으로 판단할 수 있는 것이다.

그런데 이러한 사회 평균인을 ‘사회 구성원의 산술 평균값에 해당하는 사람’으로 보게 되면 문제가 발생한다. 예컨대 한밤중에 횡단보도를 건너는 사람들을 모두 살펴봤더니 사람들이 '평균적'으로 무단횡단을 하더라는 결과가 나왔다고 해보자. 그럼 어떤 사람이 한밤중에 무단횡단을 했을 때 "사회 평균인도 무단횡단을 하므로 그에게는 잘못이 없다"라는 결론을 낼 수 있을까? 이것은 아무래도 이상하다.

한밤중에 횡단보도를 건너더라도 신호에 맞춰 건너는 것이 마땅함을 우리는 알고 있다. 그렇다면 이렇게 사회의 규칙에 맞춰 마땅한 행동을 할 것으로 기대되는 사람을 사회 평균인으로 보는 것이 더 타당하지 않을까? 그래야 "사회 평균인이라면 한밤중에 횡단보도를 건너더라도 신호에 맞춰 건널 것이므로 무단횡단을 한 사람의 행동은 잘못이다"라고 할 수 있기 때문이다(물론 사회 평균인에게 신호에 맞춰 건너는 것에 더해 형광색 옷을 입고 한 손을 드는 것까지 기대할 수는 없겠다). 그래서 법에서 말하는 '사회 평균인'은 "사회 구성원이 마땅히 따라야 할 속성을 지닌 사람, 즉 규범적 평균인"으로 이해하는 것이 보통이다.[41] 요컨대 사회 평균인이란 실재하는 '보통 사

---

41 권영준(2015), 「불법행위의 과실 판단과 사회평균인」, 《비교사법》, 22(1), 91-132 참조.

람average person'이 아닌, 잘잘못을 판단하는 도구로서의 '합리적인 사람reasonable person'을 뜻한다고 할 수 있다.

이 판결에서는 사회 평균인, 그러니까 '사회 구성원이 마땅히 따라야 할 속성을 지닌 사람' 또는 '합리적인 사람'의 눈에는 전살법이 '잔인한' 방법으로 동물을 죽이는 것으로 보일 수 있다고 판단했다. 누군가는 반발할 수 있다. "전살법이 잔인하다는 데 동의하지 않는다. 옛날에는 개를 매달아 놓고 몽둥이로 때렸는데. 전살법은 그나마 덜 잔인한 방식이라고 도입한 것 아닌가?" 그리고 퉁명스레 덧붙일지 모른다. "전살법이 잔인하다고 생각하지 않는 사람은 사회 평균에 못 미치는가? 그런 사람은 합리적이지 않은가?" 더 나아가 짓궂게 물을지 모른다. "판결에서 '사회 평균인'이라는 어려운 말을 쓰는 이유를 알 것 같다. 정체를 알 수 없는 사회 평균인의 관점을 고려했다면서 판사가 사회 평균인 뒤에 숨어 자기 마음대로 판단하는 것 아닌가?"

다행히 이 판결에서는 이런 질문에 대한 답의 힌트를 남기고 있었다. "잔인성에 관한 논의는 시대와 사회에 따라 변동

하는 상대적, 유동적인 것이고 사상, 종교, 풍속과도 깊이 연관된다."[42] 즉 지금 우리가 살고 있는 시대의 '사회적 인식'이 과거와 달리 동물 생명을 보다 존중하는 방향으로 변화했기 때문에 사회 평균인의 인식도 이와 같을 것이라고 본 것이다. 질문에 대한 판결의 대답은 이렇게 볼 수 있다. "세상이 변했습니다."

물론 나는 이 답이 충분하지 않음을 잘 알고 있다. 세상이 정말 변했는지, 변했다면 어떻게 변했는지, 그것을 판사가 어떻게 알았는지, 결국 사회 평균인의 정체는 무엇인지 등 어려운 문제가 아직 여럿 남아 있기 때문이다.

그럼에도 나는 사회 평균인이란 개념이 부족하나마 의미가 있다고 생각한다. 사회 평균인이란 개념은 판사에게 경고음 같은 것이 아닐까? 판사도 완전하지 않다. 불완전한 '사람'일 뿐이다. 판사 자신의 삶을 통해 축적된 습관, 경험, 선입견, 편견 등은 알게 모르게 그의 판단에 영향을 미친다. 그

---

42 대법원 2018. 9. 13. 선고 2017도16732 판결.

런데 자신의 생각과 신념대로만 판단하다가는 자칫 다수의 생각과 동떨어질 수 있다. 나는 그때 사회 평균인의 역할이 있다고 생각한다. 어떤 판단이 '합리적인 판단'에서 너무 멀어질 때 경고음을 울려 줄 수 있는 것. 판사가 사회 평균인의 관점을 새삼 들여다보면 자신의 판단이 얼마나 멀리 와 있는지 알 수 있지 않을까? 내가 나의 주관이 '평균'에 일치하도록, 적어도 가까워지도록 계속 노력해 가려 하는 이유이기도 하다. 비록 어려운 일이지만 말이다.

진술

영원한 숙제

"진술 내용이 사실적·구체적이고,

주요 부분이 일관되며, 경험칙에 비추어 비합리적이거나

진술 자체로 모순되는 부분이 없다면,

그 **진술의 신빙성**을 함부로 배척해서는 안 된다."[43]

"일관된 피해자 진술에 모순이 없다"라는 식으로 요약되어 알려진 이 판결 문장을 볼 때마다 나는 머뭇거리게 된다. 나는 이 문장에 여러 비판이 있을 수 있음을 잘 알고 있다. 하지만 나도 판결에 이 문장을 사용했다. 그 간극을 어떻게 설명할 수 있을까? 나는 선뜻 말하지 못하겠다.

---

[43] 대법원 2020. 5. 14. 선고 2020도2433 판결.

다만 나는 우리가 이 문장이 가진 뜻을 있는 그대로 받아들이길 바랄 뿐이다. 이 문장이 말하고자 하는 바는 '경험과 관찰의 무게' 그 이상도 그 이하도 아니다. 이것이 내 생각이다.

한 여자아이가 있다. 13세가 미처 되지 않았을 때, 아이를 보호해야 할 아버지가 그에게 몹쓸 성범죄를 저질렀다. 아이는 나중에 친구에게 그 사실을 슬며시 털어놓았고, 학교 상담교사와도 이야기를 나누었다. 이후 상담교사가 아동보호전문기관에 상담 내용을 통보하면서 수사가 시작되었다. 수사 당시 아이는 피해 내용을 구체적으로 이야기했고, 이를 토대로 검사는 아버지를 성범죄로 기소했다.

이 사건에서 아이가 수사기관에 진술한 것 외에는 피고인이 성범죄를 했는지 알 수 있는 자료가 없었다. 물적 증거도, 목격자도 없었다. 심지어 재판이 시작되자 아이는 진술을 바꾸었다. "그런 일이 없었다"라며 "(피고인이) 너무 미워서 수사기관에 거짓말을 했다"라고. 아이의 엄마와 오빠도 거들었다. "(피고인이) 욕설을 자주 하기는 하지만 그럴 사람은 아니다"라고. 판결은 어떻게 되었을까?

1심에서는 피고인을 무죄라고 판단했지만 2심과 대법원에서는 달랐다. 아이의 말을 자세하고 빈틈없이 살펴본 뒤, 아이만이 겪어낸 '경험과 관찰'의 무게를 인정한 것이다. 이 글의 첫 문장이 이 판결에도 쓰였다. 풀어 써보면 이런 식이다.

"아이가 보호자의 형사처벌을 무릅쓰고 스스로 수치스러운 피해 사실을 알렸다. 거짓을 말할 동기나 이유가 없어 보이고, 경험하지 않고서는 알 수 없는 사실을 구체적으로 밝혔으며, 여러 차례 말한 내용이 한결같으므로 아이의 말을 믿겠다."

만약 아버지가 처벌을 받게 되면 아이의 삶에도 지장이 있을 수 있었다. 게다가 성범죄 피해 사실이 재판을 통해 공개적으로 밝혀지는 것을 아이가 원한다고 보기도 어려웠다. 그럼에도 아이는 모든 심리적 어려움을 이겨내고 자신의 피해 사실을 드러냈고, 경험하지 않았다면 말할 수 없는 내용을 세세하게 말했다. 이런 점을 고려하면 아이의 말을 믿기 어렵다고 쉽게 내칠 수 없을 것이다.

판결에서는 아이가 재판에서 말을 바꾸었지만, 이는 아버지에 대한 이중적인 감정, 가족들의 회유와 압박 등으로 인한 것은 아닌지 살펴볼 필요가 있다는 점도 지적했다. 아이와 여러 차례 심리 상담을 진행한 상담사는 성범죄 피해자에게 나타나는 외상 후 스트레스증후군 증세가 아이에게 보인다고 말했다. 아이는 속마음을 내비치는 친구들에게 성범죄 이야기를 솔직히 털어놓았다. 재판이 시작된 후 엄마가 아이를 계속해서 설득하고 회유하려 애쓴 정황도 있었다. 판결에서는 이러한 여러 사실을 고려해 아이가 처음 수사기관에 했던 말을 믿기로 했다.

경험과 관찰은 직관적이고 감각적이다. 그래서 때로는 압도적 무게를 가진다. '그'만이 할 수 있는 경험, '그'만이 보고 듣고 느낄 수 있는 관찰은 그 무엇도 대체할 수 없다. 범죄 피해자나 목격자의 진술이 재판에서 결정적인 증거가 되는 이유이다. 이 글 첫머리에 적은 문장과 같은 표현이 판결에 다시 쓰인 것은 판사가 아이의 경험과 관찰이 가진 무게를 인정한다는 뜻으로 이해할 수 있다.

　다만 경험과 관찰은 불완전하다는 한계가 분명히 있다. 경험과 관찰 자체의 문제이기보다는 그것의 입력과 출력 문제이다. 경험과 관찰은 사람의 '감각'을 통해 입력되고 '기억'을 통해 출력된다. 하지만 사람의 감각과 기억은 완전하지 않다.

　중·고등학생들이 법원을 견학할 때 종종 '판사와의 대화' 시간이 준비된다. 내가 참여하게 되면 나는 한 영상을 보여주곤 한다. 영상을 재생하기 전에 나는 학생들에게 질문을 하나 던진다. "흰옷을 입은 사람들이 농구공을 몇 번 주고받나요?" 1분 남짓한 영상에서는 흰옷을 입은 사람들과 검은 옷을 입은 사람들이 빙글빙글 돌면서 위로 아래로 옆으로 요란스럽게 농구공을 주고받는다. 학생들은 힘겹게 눈으로 공을 따라가면서 횟수를 헤아리다 영상이 끝나면 그 수고를 보상받으려는 듯 여기저기서 답을 외친다. 대체로 정답이다. 하지만 중요한 것은 따로 있다. 나는 학생들에게 다시 질문해 본다. "혹시 고릴라 보셨어요?"

'보이지 않는 고릴라the invisible gorilla 실험'[44]은 참가자들에게 영상이 재생되기 전에 지시한 내용에 집중하도록 한다. 참가자들은 흰옷을 입은 사람들과 농구공의 부산스러운 움직임을 눈으로 바삐 좇느라, 사람들 사이에 고릴라 탈을 쓴 사람이 난입했음을 알아채지 못한다. 고릴라가 등장한다는 사실을 알려준 뒤 다시 영상을 재생하면 참가자들은 "이렇게 명확하게 보이는 고릴라를 왜 알아채지 못했을까?"라며 놀란다.

나는 영상 실험에 더해 비슷한 이벤트를 하나 더 준비하기도 했다. 처음 만날 때는 파란색 넥타이를 매고 인사를 하고 진행하다가, 이후 영상을 보여줄 때 몰래 빨간색 넥타이로 바꿔 맸다. 그리고 물었다. "혹시 제가 맸던 넥타이 색깔 기억나시나요? 사람의 인지능력과 기억이란 이토록 불완전합니다. 물증은 없고 목격자만 있는 사건에서 목격자가 범인의 넥타이 색깔이 ○○색이었다고 한다면 이를 곧바로 믿을 수 있을

---

44 크리스토퍼 차브리스·대니얼 사이먼스 지음, 김명철 옮김(2011). 『보이지 않는 고릴라』. 김영사 참조.

까요?"

어느 심리학자가 지목한 기억의 불완전성 몇 가지는 판사가 기억을 통해 진실을 재구성할 때 반드시 염두에 두어야 할 것이다.[45] 시간이 흐르면서 기억력이 둔화하는 '일시성Transience', 잘못된 기억으로 인하여 어떤 사건의 원인을 사실과 다르게 지목하는 '오귀인誤歸因, Misattribution', 주어진 정보가 기존 기억에 영향을 주는 '피암시성Suggestibility', 기존 지식과 믿음 또는 상태가 기억에 왜곡된 영향을 미치는 '편향Bias' 등이다. 이런 불완전성은 경험과 관찰이 정상적인 환경에서 이루어졌는지, 경험과 관찰 당사자가 이성적으로 판단할 수 있는 사람인지, 경험과 관찰 당사자가 사안과 특별한 이해관계에 있는지 등과도 연관될 것이므로 세심하게 살펴보아야 함은 물론이겠다.

언젠가 법원 내에서 '경험과 관찰을 이야기하는 진술이 진

---

45 Schacter, D. L.(2002). *The Seven Sins of Memory: How the Mind Forgets and Remembers*. Mariner Books 참조. 여기서는 일시성, 오귀인, 피암시성, 편향 이외에도 방심, 차폐, 집착을 기억의 불완전성 사례로 들고 있다.

실함을 어떻게 판별할 수 있는지'에 대해 여러 논의가 오간 적이 있다. 한 판사님은 판사들이 현대 진술심리학을 공부해야 한다는 주장도 했는데 많은 공감을 얻었다. 그만큼 판사들도 경험과 관찰을 대하기가 쉽지 않다는 사실을 엿볼 수 있다. 압도적이지만 불완전해서 언제나 조심할 수밖에 없는 경험과 관찰. 이를 어떻게 다룰지의 문제는 앞으로도 판사의 영원한 숙제로 남을 것 같다.

실체적 진실을 위하여

"실체적 진실 발견이라는 관점에서 이 사건 진술조서의 증거능력을

부정함은 옳지 않다는 **반론이 있을 수 있다.**

그러나 오히려 … (이 결론이) 실체적 진실 발견과 공정한 재판을

달성하는 데 기여하는 것이다."[46]

바둑기사 조치훈이 1985년 일본 최고의 기전인 기성전棋聖
戰에서 다케미야 마사키武宮正樹와 맞붙었다. 61수까지 행해
진 마지막 일곱 번째 대국에서 조치훈은 다음 수를 놓기까지
1시간가량이나 고민했다. 마침내 착수한 뒤 복도로 나간 그
는 몸도 제대로 가누지 못하는 상태에서 자기도 모르게 혼잣

---

46   대법원 2000. 6. 15. 선고 99도1108 전원합의체 판결 중 대법관 김형선의 다
     수의견에의 보충의견.

말을 내뱉었다. "이것으로 한 집쯤 이겼다." 바둑은 159수에서 끝났다. 조치훈의 한 집 반 승리였다. 조치훈의 '100수 앞 수읽기' 전설이 탄생한 순간이었다.[47]

나의 주장을 이리저리 재지 않고 일목요연하게 일사천리로 펼쳐내면 충분하지 않은가 하는 생각을 한 적이 있다. 마치 야구에서 직구가 시원하게 뻗어 가듯 그 자체로 논리에 힘이 생길 줄 알았다. 생각이 바뀐 것은 몇 차례 자가당착에 빠진 이후이다. 신나게 주장을 하다가 의외의 반박에 부딪혀 그제야 그에 대한 답을 생각해 말하다가, 내가 했던 예전 말과 지금 답이 아귀가 안 맞는 경우가 있었기 때문이다. 그때부터 나는 다른 사람의 입장에서 준비할 '반론'을 미리 생각해 보는 습관을 들이고자 노력했다. 마치 조치훈과 같은 바둑기사가 '수읽기'를 하는 것처럼. 그런데 이러한 수읽기의 모범은 사실 판결에서도 종종 찾아볼 수 있다.

---

47 해당 에피소드는 다음 문헌들을 참고했다. 최서영 지음(2009). 『내가 본 현장 여울목 풍경, 기타니 도장의 소년 바둑왕 조치훈』. 도서출판 선.; "[만물상] 조치훈 1300승", 〈조선일보〉, 2008년 6월 22일.

형사재판이 한참 진행 중일 때이다. 증인이 법정에서 피고인에게 유리한 듯한 증언을 했다. 예상과 다른 증언을 하자 검사는 증인을 검찰청으로 불러 새삼 추궁했다. 그리고 검사는 증인으로부터 그가 법정에서 한 증언 내용을 뒤집는 진술을 받아냈고, 그 내용을 진술조서로 작성했다. 이후 검사는 새 진술조서를 증거로 제출했다. 당연히 피고인은 자신에게 불리한 내용이 담긴 그 진술조서가 증거가 될 수 없다고 주장했다. 이미 법정에서 증언을 마친 증인을 검사가 따로 불러 증언 내용을 번복하게 하는 것은 잘못이라는 주장이었다.

이제 사건에서는 그 진술조서를 증거로 채택할 수 있을지 여부가 쟁점이 되었다. 두 입장이 맞붙었다. "이런 것을 허용하면 검사는 자신이 원하는 증언을 할 때까지 증인을 불러 조사할 것이다. 그러니 그 진술조서는 증거로 채택할 수 없다"라는 입장과 "아니다. 만약 진술조서에 일말의 진실이 담긴 경우에도 이 진술조서를 증거로 채택할 수 없다면 우리는 죄지은 자를 벌하지 않는 잘못을 저지르게 될 수 있다. 그러니 그 진술조서는 증거로 채택해야 한다"라는 입장이 팽팽하게 맞섰다.

긴 고민 끝에 다수의견에서는 그 진술조서의 증거능력을 인정하지 않았다.[48] 이미 증언을 마친 증인을 검사가 다시 소환하여 증언을 번복하게 하는 방식으로 작성한 진술조서는, 사건에 대한 심리가 공개 법정에서 검사와 피고인 양측의 공방에 의해 행해져야 한다는 당사자주의와 공판중심주의 등에 어긋날 뿐만 아니라 피고인의 재판받을 권리를 침해한다는 이유에서 나온 결론이었다.

이때 주목할 것은 보충의견에서 구사한 논리 전개 방식이다. 보충의견에서는 다수의견의 결론에 동의하면서도 예상 반론을 미리 반박했다. 이 글 첫머리에 적은 문장이 바로 그것이다. "반론이 있을 것을 안다. 하지만….."

보충의견에서 먼저 예상한 반론의 흐름은 이랬을 것이다. "증인은 법정에서 증언을 잘못할 수 있다. 헷갈려서든 기억이 정확하지 않아서든 떨려서든 어떤 이유로든. 그러므로 검

---

48   대법원 2000. 6. 15. 선고 99도1108 전원합의체 판결.

사는 증언을 마친 그를 불러 다시 진중하게 물어 차분히 진실을 말하게 할 수 있고, 이를 조서로 남길 수 있다. 이미 증언했으니, 이후의 진술조서는 증거능력을 가질 수 없다고 한다면 진실을 발견하는 데 도움이 되지 않는다."

보충의견에서는 반론이 이렇게 전개될 것을 예상한 뒤 이를 미리 반박했다. 진술조서의 증거능력을 부정하는 것이 반론에서 추구(할 것으로 예상)하는 진실 발견에 오히려 도움이 될 것이라고 밝혔다. 공개된 법정에서 위증죄로 처벌받을 위험을 무릅쓰고 선서를 한 뒤 피고인 앞에서 당당히 한 진술의 무게감을 더욱 인정해 주어야 한다고 본 것이다. 검사의 사무실에서 공개 선서도 없이 일방적으로 증언한 진술을 높게 평가한다면 오히려 진실에서 멀어질 수 있다고 경계하기도 했다. 실제로 반론에서는 예상한 대로 논리를 구사했다. 보충의견에서 반박을 미리 준비한 덕분에 반론은 힘을 쓰지 못했다.

거꾸로 상대 입장에서는 어떨까? 미리 반론을 예상해 반박하는 '김 빼기 전략' 때문에 반론을 해야 하나 말아야 하나 고민할 수도 있다. 하지만 나는 다르게 생각한다. 사실 '반론'을 의식한다는 것은 그 반론이 강력하다는 의미이기도 하다. 이럴 때는 오히려 자신감을 갖고 기회로 삼을 수도 있다. 상대의 예상을 벗어나는 또 다른 반론을 제기하면 되기 때문이다. 그리고 그때 상대가 할 또 다른 반박을 예상하면 좋겠다. 수읽기의 수읽기랄까? 물론 이러한 반론과 반박이 논쟁을 위한 논쟁이 되어서는 안 될 것이다. 하지만 나는 이러한 논리적 다툼이 논의의 지평을 넓힌다고 믿는다. '싸움의 효능'을 믿기 때문이다.

법리 II
정의로운 길

> "권리를 소멸시키는 소멸시효 항변은
>
> **변론주의 원칙**에 따라 당사자의 주장이 있어야만
>
> 법원의 판단 대상이 된다."[49]

우리는 "법리에 밝다"라는 말을 곧잘 쓴다. 예전에 나는 이 말을 법, 판례, 이론, 실무 등을 잘 안다는 것으로 받아들였다. 그래서 나는 '법리에 밝다'는 말을 '법 공부를 열심히 했다' 정도로 이해하곤 했다.

지금은 다르다. 법리라는 것이 그저 존재하는 고정적인 대상이 아님을 알았기 때문이다. 법리는 우리가 '발견'한 뒤

---

49   대법원 2017. 3. 22. 선고 2016다258124 판결.

'이용'하기를 선택할 수도 있고 '회피'하기를 선택할 수도 있는 역동적인 대상인 것이다. 비유컨대 법리란 '사실'이라는 물이 흘러가는 물길과 같다. 따라서 물길을 어떻게 내는지에 따라, 즉 어떤 법리를 적용하는지에 따라 사건의 결과가 달라질 수 있다.

한 대부업체가 노인에게 소액의 돈을 빌려주었다. 노인은 사정이 궁색하여 돈을 갚지 못했다. 10년도 넘게 지난 뒤 대부업체가 새삼스럽게 노인에게 돈을 내놓으라는 소송을 제기했다. 연체 기간만 10년이 넘은 데다 이자율도 높다 보니 이자가 원금의 몇 배에 달했다. 배보다 배꼽이 더 커진 지경이었다.

판사는 대부업체에게 "이제 와서 소송을 하면 어떡하냐"라며 부질없는 타박을 주기도 했지만 이미 시작된 재판이어서 결론을 내리기는 해야 했다. 그런데 노인은 재판에서 선처를 구하기만 할 뿐 별다른 말을 보태지 않았다. 이때 판사는 답답할 수밖에 없다.

대부업체의 채권은 10년이 넘어 이미 소멸시효가 완성되었다. 따라서 대부업체는 그 해묵은 돈을 이제 와 노인에게 받을 수 없다고 볼 수 있다. 하지만 노인이 그와 같은 주장을 해야만 이러한 사정을 판사가 고려할 수 있다. 이 글 첫머리에 적은 문장이 바로 그 법리를 나타내 준다. "소멸시효 주장은 당사자가 주장해야만 한다. 주장하지 않으면 판사는 이를 고려할 수 없다."

만약 여기서 판사가 이미 소멸시효가 완성된 채권, 그것도 원금보다 이자가 몇 배 많은 돈을 대부업체에게 갚는 것이 부당하다고 생각한다면, 그래서 앞서 본 법리를 지혜롭게 '회피'하고자 마음먹었다면 그 판사는 어떻게 할 수 있을까? 아마도 판사는 노인에게 최대한 에둘러 이렇게 말할 것이다. "어르신, 기록을 꼼꼼히 읽어보시면 무언가 하실 말씀이 있을 겁니다. 저는 판사라서 그 답까지 말씀드릴 수는 없으니 법률전문가를 꼭 한번 찾아가 보세요."[50]

그렇다면 노인이 다행히 법률전문가의 도움으로 다음 재

---

[50] 이러한 판사의 모습에 대해서는 물론 '적정한 소송지휘권 행사 및 변론주의 위반행위 지양'이라는 비판이 가능할 것이다.

판에서 소멸시효 주장을 하면 이제 모든 것이 마무리될 수 있을까? 이때 대부업체는 이 사건을 새로운 길로 들어서게 할 준비, 즉 또 다른 법리를 '이용'할 준비를 하고 있을지 모른다. 대부업체 직원은 법정 밖에서 노인에게 살뜰하게 이런 말을 할 수 있다. "어르신, 이 채권이 오래된 것을 저희도 잘 알고 있습니다. 이자가 무척 많이 붙은 것도요. 저희가 이자를 일부 면제해 드릴 테니 원금과 나머지 이자만 갚으시면 됩니다. 다만 저희가 어르신을 믿을 수 있게 오늘 제게 만 원만 주실 수 있을까요?"

여기서 노인이 마음이 흔들려 대부업체 직원에게 만 원을 건네는 순간 또 다른 법리가 발동될 수 있다. 소멸시효는 완성될 수 있지만 그 이익을 포기할 수 있다(시효이익의 포기 법리). 따라서 대부업체 직원은 만 원을 건네받은 뒤 그 만 원을 보이며 판사에게 이렇게 주장할지 모른다. "어르신에 대한 저희 채권의 소멸시효가 완성되었을지 모르지만, 어르신이 갚겠다고 하시며 제게 만 원을 주셨습니다. 시효의 이익을 포기하신 것입니다. 이자 일부는 저희가 면제해 드렸으니, 어르

신께서는 저희에게 적어도 원금과 나머지 이자는 갚으셔야
하겠습니다."

대부업체가 시효이익의 포기 법리를 이용하는 사례는 실
제로 발생한다. 기만적이고 편법적이라는 비판을 받고 있
지만 비판만으로는 사건의 결론을 바꿀 수 없다. '법리에 밝
다'는 것이 사건의 결과에 얼마나 큰 영향을 미치는지 단적
으로 보여주는 사례이다.[51]

이러한 법리를 이용하거나 회피하는 것을 조금 더 드라마
틱하게 구성하면 한 편의 소설이 만들어지기도 한다. 『베니
스의 개성상인』[52]은 조선인이 17세기 베니스 상인이 되는 신
선한 상상을 이야기로 담아낸 소설이다. 소설에서 주인공 안
토니오가 처음 겪게 되는 시련은 바로 유리 입찰 사건이다.
이 사건에 여러 법리가 다채롭게 적용되어 자못 흥미롭다.

51 정소민(2017). 「소멸시효가 완성된 채권의 추심-채권의 공정한 추심에 관한
법률의 관점에서」, 『재산법연구』, 33(4), 107-138; 이준영, "[탐사A] 법망 허
점 노린 소멸채권 되살리기에 우는 서민들 … 지급명령 신청·소송 활용",《아
시아투데이》, 2022년 5월 18일 참조.
52 오세영 지음(2023). 『베니스의 개성상인1』. 문예춘추사 참조.

교황청에서 유리 입찰을 실시했다. 조선인으로 베니스에 정착한 안토니오는 상사商社의 신출내기 대리인으로서 입찰에 참가했다. 당시 베니스는 유리공예가 발달하여 명성을 얻은 데다 독보적인 품질의 유리를 생산했다. 베니스 상사에서 납품하는 유리venetian glass가 낙찰되는 것은 당연한 일이었다.

안토니오가 적당한 가격으로 입찰가를 써내 베니스 상사가 낙찰받으려고 하던 그때, 갑자기 피렌체 측에서 베니스 상사와 유리 생산자의 계약서가 미비함을 지적했다. 지금껏 문제가 된 적이 없었던 일이었다. 트집 잡히는 기분이 들었지만, 혹시 몰라 안토니오는 교황청으로부터 베니스 상사가 가계약권자임을 확인받고 40일의 보정 기간을 얻어냈다. 그리고 15일 만에 계약서를 교황청에 제출했다. 하지만 이후 청천벽력 같은 소리를 들었다.

"베니스 공화국은 교황청으로부터 파문을 당했다. 따라서 베니스 상사는 유리를 납품할 수 있는 자격이 없다." 피렌체 측이 베니스 상사의 계약서가 제출되어 있지 않음을 문제 삼아 시간을 지연한 이유는 베니스 공화국의 파문을 기다리기 위해서였던 듯했다. 안토니오는 상사원으로서 처음 맡은 간단한 임무에 실패하기 직전이었다. 그는 어떻게 해야 할까?

베니스 공화국이 파문당한 이상 교황청과 직접 거래는 불가능해졌다. 그 틈을 타 어느새 유리공예 기술이 발전한 피렌체에서 교황청과 유리 납품을 교섭할지 모른다. 이대로 포기한 채 베니스로 돌아가면 '가장 쉬운 임무'에도 실패한 셈이 되니 안토니오의 상사원 경력은 다음을 기약하기 어렵다. 숙고한 안토니오는 우선 교황청에 요청했다. ❶ "약속을 지켜 주시기 바랍니다pacta sunt servanda." 무슨 약속이냐며 어리둥절해하는 교황청에 안토니오는 보정 기간을 말했다. 가계약 권자로서 베니스 상사에게 보장된 보정 기간에는 누구도 교황청에 유리를 납품할 수 없음을 확인해 달라고 한 것이다. 교황청에서는 그 정도는 문제없다며 수긍했다.

안토니오에게는 단 25일이 남아 있었다. 그는 곧장 나폴리 왕립공작소로 향해 이름을 빌려달라고 부탁했다. 그때 나폴리의 법률고문이 물었다. ❷ "수수료를 지불하고 이름만 빌려달라는 것인가? 아니면 나폴리에서 베니스의 유리를 산 다음 그것으로 유리 입찰에 참가하라는 것인가?" 안토니오는 전자의 경우는 교황청에서 인정하지 않을 것이니 후자라고 했다. 그러자 나폴리의 법률고문은 ③ 안토니오가 베니스 상사를 대리하여 이와 같은 계약을 체결할 권한이 있는지 검토한다고 했다.

시간이 흘렀고, 우여곡절 끝에 나폴리에서 베니스 상사의 유리를 산 다음 입찰에 참가하게 되었다. 안토니오의 설득 끝에 나폴리에서는 더 큰 이익을 위해 입찰가를 원가로 써냈고, 피렌체를 이기고 낙찰을 받았다.

소설에 적용된 법과 우리나라 법은 다르다. 하지만 지금의 관점에서도 의미 있는 법리가 제법 등장한다. 하나씩 풀어보자. ① "약속을 지켜야 한다pacta sunt servanda"라는 안토니오의 말은 유명한 법언이다. 이는 로마 시대부터 오늘날까지 이어지는 계약준수의 법리를 나타낸다. 안토니오가 이 법리를 교황청에 제시했으니 시간 벌기에 제격이었을 것이다. ② 만약 나폴리에서 베니스 상사에 이름만 빌려주었다면 교황청에서는 그 계약의 진짜 당사자를 나폴리가 아닌 베니스 상사로 확정할 수 있다(계약당사자 확정 법리). 이에 따라 교황청에서는 파문된 베니스 상사의 우회 입찰 참가를 허용하지 않을 수 있다. 이를 피하기 위해 안토니오는 나폴리에서 베니스의 유리를 산 다음 직접 입찰에 참가하라고 했다. 이렇게 되면 입찰 실패에 따른 유리 재고 부담을 온전히 나폴리에서 지게 된다. 나폴리에서 이 리스크를 받아들일지가 관건이었는데 다행히 안토니오의 설득으로 해결되었다. ❸ 또 다른 쟁점은 안토니오의 대리권 문제였다. 안토니오는 베니스 상사로부터 유리 '입찰 참가'를 위임받았을 뿐이다. 따라서 안토니오가 베니스 상사의 대리인으로서 나폴리와 유리 '매매 계약'을 체결할 수 있는지 문제가 될 수 있다(대리권 법리). 다만 소설에서는 베니스 상사 관습법에 따라 대리권이 인정되는 것으로 나온다.

소설의 주인공은 결국 자신의 뜻대로 사건을 해결한다. 이런 일이 가능했던 것은 무엇보다 그가 여러 법리를 명확히 인식한 상태, 곧 '사건이 흘러갈 길을 잘 아는 상태'에서 이를 적절히 이용하거나 회피한 덕분이었다.

　재판에서는 당사자들이 사건을 자신에게 유리하게 흘러가도록 내어놓은 길이 여럿 나온다. 판사가 생각하는 또 다른 길도 있다. 판사로서 나는 그 갈림길에서 선택한 길이 올바르고 정당한 길이길 바란다. 이를 위해 내가 법, 판례, 이론, 실무만을 아는 데 그치지 않고 사건의 모습과 구조, 법리의 적용 범위와 양상 등을 조감하고 통찰할 수 있기를 희망한다. 법리에 밝은 판사. 어려운 경지임을 알지만 다다르고자 노력한다, 나뿐만 아니라 모든 판사들이.

법, 존재의 이유

"**사건의 공평한 해결**을 위하여

당사자의 이익, 그 밖의 모든 사정을 참작하여

다음과 같이 결정한다."

야산에서 포수가 여우를 진득이 몰아 겨우 잡으려 하던 때였다. 씨근벌떡 쫓기던 여우가 문득 눈에 띈 초가집을 향해 들어가 몸을 피하려던 순간, 집을 지키던 개가 별안간 나타나 여우를 물어버렸다. 횡재했다 싶은 집주인은 어김없이 여우의 소유권을 주장했다. "내 개가 물어 잡았으니 당연히 내 것이 아닌가. 이만 물러가게." 포수는 어이가 없었다. "내가 여태껏 몰았으니 여우는 당연히 내 소유가 아닌가. 얼토당토않은 말 말고 빨리 건네주게."

마침 암행어사 박문수가 지나가다 옥신각신하는 포수와 집주인의 다툼을 보았다. 박문수로서는 어사 된 입장에서 나서기는 해야 하는데 해결책이 마뜩잖았다. 고민하던 차에 옆에서 재미나게 구경하던 어린 초동에게 넌지시 물어봤다. "얘야, 너라면 어떻게 하겠느냐?" 초동은 대수롭지 않다는 듯 말했다. "간단합니다." "간단하다고?" 어리둥절한 박문수에게 초동이 이어 말했다. "개가 여우를 잡을 때는 무엇 때문에 잡았겠습니까? 가죽을 탐냈겠습니까, 고기를 탐냈겠습니까? 개는 분명히 고기를 탐냈을 것입니다. 포수가 여우를 몰 때는 무엇을 원했겠습니까? 가죽을 원했을 것입니다. 그러니 쉽습니다. 고기는 개를 주고 가죽은 포수를 주십시오."

나는 이 이야기를 들을 때마다 초동의 지혜에 감탄한다. 사건을 바라보는 중립적인 시각은 물론, 각자가 원했던 바를 정확히 지목해 해결책까지 제시하는 통찰까지. 감탄한 다음에는 초동에 비추어 스스로를 돌아본다. 나였다면 포수와 집주인의 다툼을 보고 그와 같은 답을 생각해 낼 수 있었을까?

판사는 결론을 내리는 것을 업으로 한다. 법원은 갈등의 거의 마지막에 이르러 사람들이 어떻게든 문제를 일단락하기 위해 찾는 곳이기 때문이다. 불거진 문제는 어떤 방식으로든 답을 내어 매듭지어야 다음 단계로 넘어갈 수 있다.

판사가 갈등을 해결하는 대표적인 방법은 판결이다. 각자의 주장을 근거와 함께 살펴보고 법의 관점에서 답을 찾는 방식이다. 가장 강력하면서 선명한 해결책의 하나라 할 것이다. 하지만 판결의 틀에서는 당사자의 배경과 맥락을 온전히 담아내지 못할 수도 있다. 앞서 여우 사냥 사례를 법의 잣대로 보면, '이 여우는 포수의 것이다'라거나 '이 여우는 집주인의 것이다'와 같은 일도양단식 결론이 나올 수도 있고, 아니면 '고기는 포수를 주고 가죽은 집주인에게 주라'는 식의 다소 엉뚱한 결론이 나올 수도 있다. 하지만 이래서야 포수와 집주인이 모두 만족하기 어렵다. 법원까지 다다른 길고 깊은 갈등은 이러한 결론만으로는 여전히 해결되지 않은 채로 남아 있을 테다.

이럴 때, 초동이 여우 사냥 사건에서 각자의 마음을 헤아렸듯, 소송을 제기한 사람과 소송을 당한 사람(이들을 우리는 '당사자'라고 한다)의 마음을 모두 들여다볼 필요가 있다. 재판에도 이처럼 '당사자의 마음'을 살펴보고 그 마음을 토대로 서로 대화하게 함으로써 사건을 해결하는 방식이 있다. 이를 우리는 '조정'이나 '화해'라고 부른다.

조정과 화해는 당사자가 자신이 무엇을 원하는지 명확히 알지 못할 때 판사가 큰 시야에서 서로의 입장을 조율해 낼 수 있다는 장점이 있다. 즉 조정과 화해에서는 당사자가 법원에 판단해 달라고 한 사항(이를 우리는 '소송물'이라고 한다)에 구애받지 않고 과거와 미래의 관계까지 포함하여 적절한 해결 방법을 찾을 수 있다. 요컨대 조정과 화해는 가장 폭넓고 유연한 해결책의 하나가 된다.

내가 언젠가 조정 사건에 참여했을 때였다. 원고는 피고로부터 몇천만 원의 공사대금을 받지 못했다. 원고는 지금 당장 전액을 받길 바랐다. 피고는 무척 미안해하며 원고가 주장하는 금액을 모두 인정하면서도 몇 년에 걸쳐 분할해서 주겠다고 했다. 원고는 이 일을 시작한 지 얼마 되지 않은 젊은 업자였다. 향후 다른 계약을 따낼 수 있을지도 알 수 없었다. 그래서 겨우 따낸 이 일의 대금을 지급받지 못한다는 데 더욱 화가 난 것이었다. 피고는 나름 현장에서 유력한 사람이었지만 현재 자금 흐름이 좋지 못한 상황에 놓여 있었다. 그래서 나는 조심스럽게 제안했다. "그렇다면 피고의 뜻대로 분할 지급을 하되, 피고가 다음에 할 공사를 원고에게 맡기는 것은 어떨까요?" 피고는 수긍했지만 원고는 그 약속을 어떻게 믿겠느냐고 했다. 타당한 지적이었다. 나는 난감해서 피고의 변호사를 슬쩍 보았다. 변호사는 잠깐 생각하더니 이렇게 말했다. "제가 보증하겠습니다. 사실 저는 원고에 대한 평판을 한 다리 건너 들어 알고 있습니다. 성실하고 건실하다고요. 이런 분은 도와드리는 것이 맞지요." 놀라운 것은 원고의 반응이었다. 변호사의 어쩌면 뜬금없는 그 말에 원고도 잠깐 생각하더니 이렇게 말했다. "사실 저도 변호사님을 알고 있습니다. 변호사님께서 이렇게 말씀해 주시다니 감사합니다. 그렇다면 저도 양보하겠습니다." 그리고 원고와 피고는 분할 지급으로 서로 조정되었다! 알고 보니 원고의 변호사와 피고의 변호사는 고등학교 동문이었다. 서로 직접 알지는 못해도 이미 상대에 대한 이야기를 충분히 듣고 온 모양이었다.

이 사건에서 원고의 요구 사항인 '즉시 지급'이 이뤄지지 않았으니 원고가 진 것처럼 보일 수 있다. 하지만 원고가 장래에 수주할 공사까지 포함하면 원고와 피고가 서로 '윈윈'한 것 아닐까? 아마 판결로 했다면 원고가 이길 수 있었을 것이다. 하지만 조정으로 그가 얻은 것은 오히려 더 큰 평판과 미래가 아니었을까 생각해 본다.

조정과 화해에 결국 다다르지 못해도 판사는 당사자에게 판사가 생각한 최선의 안을 제시할 수도 있다. 강제조정결정과 화해권고결정이 그것이다. 이 결정의 시작은 이 글 첫머리에 적힌 문장과 같다. "사건의 공평한 해결을 위하여 당사자의 이익, 그 밖의 모든 사정을 참작하여 다음과 같이 결정한다." 받아들일지 말지는 각자가 생각할 몫이다. 하지만 판사로서 갈등 해결의 실마리를 제공하는 것이다.

판사는 법을 다루고 이를 통해 판단하는 일을 한다. 더 엄밀히 말하면 갈등 해결 전문가라고 볼 수도 있다. 정확한 법리, 치밀한 논증 등은 결국 수단일 뿐이다. 판사의 진정한 목

적은 갈등을 풀어내고 분쟁을 해소하는 것일 테다. 사건에 직접 얽힌 당사자들의 마음을 알아보고 최선의 해결책을 찾아내는 일을 소홀히 할 수 없는 이유이다. 법에 판결만이 아니라 조정과 화해 제도를 둔 데에는 이와 같은 연유가 있지 않을까 생각해 본다.

조정과 화해를 잘 이끌어 내기 위해서는 사람의 마음을 알아보는 능력이 필요하다. 이것에 그치지 않는다. 당사자의 말을 듣고 사정을 헤아리는 경청과 공감, 더 나아가 해결책을 위한 진심 어린 설득도 중요할 것이다. 말로는 쉽지만 참으로 어렵다는 것을 안다. 초동의 지혜가 새삼 부러워지는 대목이다.

판사의 언어, 판결의 속살

3

인간적인
너무나
인간적인

나는 판사로서 최대한 앎을 추구하면서도, 결국 어쩔 수 없는 '모름'을 인정해야 할 때가 있음을 안다. 알 듯 말 듯한 상황에서 '잘 안다'고 착각할 수 있다. '모르는 것은 아니다'며 자존심을 내세울 수도 있고, '잘 모른다'며 순순히 고백할 수도 있다. 그러나 '섣부른 앎'과 '솔직한 모름' 사이에서 '솔직한 모름'이 '섣부른 앎'보다 차라리 더 신중한 태도이고 그래서 덜 위험할 수 있다고 생각한다.

함께 겪음, 같은 마음

"혼인은 사랑의 결실로 소중히 보호되어야 한다.

그러나 그 가치를 온전히 지켜낼 능력이 우리에게 있는 것일까?

… 이 땅의 아내가 되고자 한국을 찾아온 …

그녀의 예쁜 소망을 지켜줄 수 있는 역량이

우리에게는 없었던 것일까?

19세의 편지는 오히려 더 어른스럽고 그래서 우리를

더욱 **부끄럽게 한다.**"[53]

나는 이 판결의 문구를 처음 읽었을 때 의아했다. "부끄럽게"라니. 판결이란 제3자인 판사가 중립적이고 객관적인 입

---

[53] 대전고법 2008. 1. 23. 선고 2007노425 판결.

장에서 적는 글인데 이러한 판결에 '부끄럽다'와 같은 판사 개인의 감정을 담은 표현이 합당한 것일까? 과연 감정이 판사의 판결에 들어갈 수 있는 것인가? 어느 판사는 판결은 건조하게 작성될 필요가 있다며 "판결 … 에 감정이 실렸다는 느낌이 들면 신뢰성이 확연히 떨어진다"라는 말을 하기도 했다.[54] 그렇다면 이 판결은 신뢰성을 잃은 것으로 보아야 하는 것은 아닌가? 여러 궁금증이 쌓였다. 나는 판결에 '부끄럽다'는 감정적 표현이 들어간 이유와 맥락을 확인하기 위해 판결을 자세히 살펴보기로 했다.

판결에서 부끄러움을 밝힌 대상은 한국으로 시집온 19세 베트남인이었다. 그녀는 국제결혼 정보업체를 통해 한국에 들어와 한 남자와 결혼한 후 언어 소통의 어려움 등으로 결혼 생활이 여의찮아 고국으로 돌아가기로 했다. 그러자 남편은 사기 결혼을 당했다고 생각하고 그녀를 끝내 살해했다. 남자는 살인죄로 기소되어 1심에서 징역 12년을 선고받았다. 남

---

[54] 유영근, "[서초포럼] 감정이 들어간 판결문과 공소장", 《법률신문》, 2023년 3월 6일.

자가 형이 과도하다며 항소하자 2심에서는 그의 주장을 받아들이지 않기로 하면서 바로 그 '부끄러움'을 고백했다. 그러면서 살해되기 전날 신부가 모국어로 쓴 편지를 판결에 직접 인용했다.

"당신과 저는 매우 슬픕니다. … 저는 당신의 일이 힘들고 지친다는 것을 이해하기에 저도 한 여자로서, 아내로서 나중에 더 좋은 가정과 삶을 위해 최선을 다하고 있어요. … 저는 당신과 많은 이야기를 나누고 싶은데 당신은 왜 제가 한국말을 공부하러 못 가게 하는지 이해할 수가 없어요. … 저는 한국에 와서 당신과 저의 따뜻하고 행복한 삶, 행복한 대화, 삶 속에 어려운 일을 만났을 때에 서로 믿고 의지하는 것을 희망해 왔어요. 하지만 당신은 사소한 일에도 만족하지 못하고 화를 견딜 수 없어 하고, 그럴 때마다 이혼을 말했어요. 당신처럼 행동하면 어느 누가 편하게 속마음을 말할 수 있겠어요. 당신은 가정을 만든다는 것이 얼마나 큰일인지, 한 여성의 삶에 얼마나 중요한 일인지 모르고 있어요. … 당신은 저와 결혼했지만, 저는 당신이 좋으면 고르고 싫으면 고르지 않을 많은 여자들 중에 함께 서 있었던 사람이었으니까요. … 정말로 하느님이 저에게 장난을 치는 것 같아요. 정말 더 이상 무엇을 적을 것이 있고 말할 것이 있겠어요. 당신은 이 글씨 또한 무엇인지도 모르고 이해하지도 못할 것인데요."[55]

판결에 피해자의 편지를 이토록 길게, 원문 그대로 인용하는 경우는 드물다. 대개 요약하거나 판사가 소화한 내용으로 정리하여 짧게 그 뜻을 밝히는 정도이다. 하지만 2심에서는 편지를 온전히 드러냈고, 그 감상을 판사 자신의 '부끄러움'으로 표현했다. 감정이 짙게 배어 있는 이 판결을 우리는 어떻게 받아들여야 할까? 이것은 실수일까? 아니면 의도일까? 분노와 안타까움, 나아가 부끄러움을 숨기지 못할 정도로 격해졌던 탓일까? 아니면 일부러 감정을 활용한 것일까?

---

[55] 대전고법 2008. 1. 23. 선고 2007노425 판결.

판사도 사람이다. 앞뒤가 다른 말이나 딴소리하는 당사자 혹은 증인에게 질문으로 추궁하거나, 그냥 두고 볼 수 없는 행동을 한 당사자에게 단호하게 한마디를 덧붙이거나, 피해자의 눈물과 슬픔에 위로의 말을 건네며 공감하는 것은 종종 목격할 수 있다. 판사는 사건의 당사자에게 적절한 훈계를 하기도 한다. 심지어 이것은 법에서 명시적으로 허용하고 있다.[56] 판사의 이러한 행동은 즉각적 상호작용에 의한 것이니 그리 특별하지 않을 수도 있다.

하지만 판결은 다르다. 판결은 판사가 고민한 과정과 결론을 알려주는 '목소리'이자[57] 이를 담아내는 '그릇'이다.[58] 판결은 제법 긴 기간 동안 진행된 재판 내용을 정성스레 정리한 것이기에 당연히 여러 차례 퇴고한다. 이 과정에서 불필요한 내용과 표현은 자연히 걸러지기 마련이다. 그런데도 남겨진

---

56 소년법 19조, 형사소송규칙 147조 2항 등.
57 오세혁(2009). 「판결서의 구조와 양식에 관한 비교법적 고찰」, 《비교사법》, 16(3), 631-675.
58 권영준(2018). 「대법원 판결서 개선의 당위성과 방향성」, 《사법》, 1(44), 43-84.

표현은 결국 '조심스럽게 의도된 것'이라고 볼 수밖에 없다. 감정이 묻어 나오는 판결도 이러한 관점에서 바라보아야 하지 않을까? "판사가 감정을 내보이는 것을 선택했다."

그렇다면 따라 나오는 의문이 있다. "어쩌면 불필요할 수도 있고 오해를 불러일으킬 수 있음에도 불구하고 판사는 왜 자신의 감정을 굳이 나타내려고 했는가?" 이 질문에 대한 답은 '판결의 본질'에 대한 이야기와 맥락이 닿아 있다.

판결의 본질은 기본적으로 '설득'에 있다(법적 논증론).[59] 누군가는 물을지 모른다. "판결은 판사가 일방적으로 자신의 판단을 내보이는 것 아닌가?" 반은 맞고 반은 맞지 않다고 생각한다. 판사의 판단이 정당성, 나아가 생명력을 얻기 위해서는 이를 당사자와 이해관계인이, 나아가 사회에서 받아들여야 한다. 요컨대 좋은 판결이란 결국 판사의 판단이 그 대상에게 설득력 있는 경우에 해당할 것이다. 법에서 판사에게 판결의 '이유'를 충실히 적으라고 명령하고 있는 것도 이와

---

59 김지형, "왜 법관은 증명하는가", 《법률신문》, 2022년 8월 25일; 김범진 (2019), 『재판실무에서 법적 논증의 기본구조』, 저스티스 참조.

같은 맥락일 테다.[60]

그런데 '설득'을 잘하려면 무엇이 필요할까? 아리스토텔레스는 『수사학』에서 이를 크게 세 가지로 정리해서 제시하고 있다.

"말로 신뢰를 주는 방법으로는 세 가지가 있다. 어떤 것은 화자의 성품ethos과 관련되어 있고, 어떤 것은 청중의 심리pathos 상태와, 어떤 것은 뭔가를 증명하거나 증명하는 것처럼 보이는 말logos 자체에 관한 것이다."[61]

성격에 해당하는 에토스ethos는 습관, 즉 됨됨이를 뜻한다. 사람의 됨됨이에 따라 그 말의 신뢰가 달렸다면 그것은 어떤 사람인가가 중요한 문제인 셈이다. 논리logic의 어원이기도 한 로고스는 말 자체의 정합성, 합리성, 타당성이 중요하다는

---

60 민사소송법 208조, 형사소송법 39조 등.
61 아리스토텔레스 지음, 박문재 옮김(2020). 『아리스토텔레스 수사학(그리스어 원전 완역본)』. 현대지성. ethos, pathos, logos는 저자 추가.

것을 나타낸다. 감정을 나타내는 파토스pathos의 핵심 개념은 '겪음suffering'이다. 어떤 사건을 '겪은' 누군가의 고통을 '그와 같은 시선'에서 헤아릴 수 있다면 설득은 수월해지기 마련이다. 사람은 같은 사물, 같은 상황일지라도 마음 상태에 따라 완전히 다르게 생각할 수 있기 때문이다.

여기서 나는 '베트남 신부 살해 사건'의 2심 판사가 판결에 베트남 신부의 편지를 싣고 사건에 대한 감정을 일부러 적어 내려간 연유를 뒤늦게 짐작할 수 있었다. 2심 판사는 1심에서 내린 징역 12년형이 부당하다고 주장한 당사자에게 답해야 했다. 결론은 '1심의 형이 부당하지 않다'는 것이었다. 그리고 그 결론을 뒷받침하는 강력한 설득의 방법으로 판사는 '감정'을 선택했다. 아리스토텔레스가 말한 '같은 마음 상태'에 있다는 일환으로. 이런 맥락에서 판사가 선택한 '부끄러움'은 판사 개인의 사적 감정이 아닌 법원의 감정, 다시 말해 공적 감정public emotion의 표현이자 지향을 드러냈다고 볼 수도 있겠다.

감정에 기대거나 호소하는 것은 때로 '오류'를 낳거나, '오류'처럼 보이게 할 수 있다. 대다수 판결에서 판사가 감정을 굳이 드러내지 않는 것은 이 때문이다. 자칫 판단의 공정성에 시비가 걸릴 우려도 있다. 나조차도 감정이 표현된 이 판결을 보며 의문을 던졌다. 감정 표현을 경계하는 마음을 십분 이해한다. 하지만 판사의 판단 과정(중립성, 객관성)과 판결(설득)을 구분해 본다면 판결의 표현만으로 판결의 객관성을 우려하는 것은 과할지 모른다. 물론 그 우려를 씻어내야 하는 의무는 우리네 판사에게 있겠지만.

모름

증명책임

"이 사건과 같이 유례를 찾아보기 어려운 사건에 관하여

유전자 감정 결과에도 불구하고 …

유죄로 확신하는 것을 주저하게 하는 의문점들이 남아 있(으므로) …

추가 심리 없이 원심의 결론을 그대로 유지하기는 어렵다."[62]

당사자가 서로 자신이 주장하는 '사실'이 옳다고 주장하는 진실게임이 벌어질 때 누군가는 "판사는 모든 거짓을 판별한 뒤 진실을 '알고' 판단해야 한다"라고 생각할지 모른다. 제3자인 판사에게 판단을 맡긴다는 것은 그의 성실성과 역량을 믿기 때문이다. 나는 이 말이 대체로 옳다고 생각한다. '기

---

62 대법원 2022. 6. 16. 선고 2022도2236 판결.

록을 여러 번 읽으면 저절로 알게 된다'는 판사들 사이의 격언도 같은 맥락에서 이해할 수 있지 않을까? 기록에서 알 수 있는 여러 파편을 숙고하다 보면 결국 진실을 파악할 수 있다는 것.

하지만 나는 판사로서 최대한 앎을 추구하면서도, 결국 어쩔 수 없는 '모름'을 인정해야 할 때가 있음을 안다. 알 듯 말 듯한 상황에서 '잘 안다'고 착각할 수 있다. '모르는 것은 아니다'며 자존심을 내세울 수도 있고, '잘 모른다'며 순순히 고백할 수도 있다. 그러나 '섣부른 앎'과 '솔직한 모름' 사이에서 '솔직한 모름'이 '섣부른 앎'보다 차라리 더 신중한 태도이고 그래서 덜 위험할 수 있다고 생각한다.

대법관 넷이 모여 사건을 유심히 들여다본 결과, 결국 '모르겠다'고 한 사례를 살펴보고자 한다. 이 사례는 이른바 '아이 바꿔치기' 사건으로 세간에서 큰 이슈가 되었다. 유전자 감정 결과라는 결정적 증거가 있음에도 대법관들은 신중히 검토한 뒤 '잘 모르겠다'고 했다. 판단을 한번 따라가 보자.

스무 살 무렵의 여성(A)이 산부인과에서 아이를 낳았다.

3년쯤 뒤 한 빌라에서 여성(A)의 세 살짜리 아이가 반미라의 사체 상태로 발견되었다. 세상에서는 이를 단순히 여성(A)의 아동학대와 방치로 발생한 비극이라 여겼다. 수사가 시작되어 유전자 검사를 실시하자 놀라운 사실이 발견되었다. 아이의 어머니로 알려진 여성(A)이 사실은 어머니가 아니라 언니였고 아이의 외할머니라고 알려진 사람(B)이 아이의 어머니였던 것이다. 어떤 일이 벌어진 것인지 광범위한 수사가 진행되었다.

검찰에서는 당시 운영되던 산부인과 체계, 여성(A)과 외할머니(B)의 여러 행태 등을 종합해, 외할머니(B)가 자신이 출산한 아이를 산부인과에서 딸(A)의 아이, 즉 손녀와 바꿔치기했다고 보았다. 방법은 지금 와서 알 수 없으니 '불상不詳(밝혀지지 않음)'으로 남겨둔 채, 외할머니(B)가 자신의 아이를 신생아실에 들여보내고 손녀는 병원 밖으로 데리고 갔다고 보았다. 무엇보다 유전자 검사 결과가 결정적 증거였다.

하지만 대법원에서는 '외할머니(B)가 자신이 낳은 아이와 손녀를 바꿔치기했다'는 검사의 주장에 동의하지 않았다. 그렇다고 대법원에서 '외할머니(B)가 자신이 낳은 아이와 손녀를 바꿔치기하지 않았다'고 한 것도 아니다. 이 글 첫머리에 적은 문구가 포함된, 대법원 판결의 문장을 다시 한번 들여다보자.

"유죄 인정의 결정적 증거는 유전자 감정 결과이다. … 이를 전제로 보면 피고인[외할머니(B)]이 자신이 낳은 이 사건 여아[외할머니(B)가 낳은 딸]를 피해자(손녀)와 바꿔치기했다고 보는 데에 별다른 무리가 없다고 보이기는 한다. 그러나 이 사건과 같이 유례를 찾아보기 어려운 사건에 관하여 유전자 감정 결과에도 불구하고 쟁점 공소사실(아이를 바꿔치기했는지 여부)에 대하여 유죄로 확신하는 것을 주저하게 하는 의문점들이 남아 있고, 그에 대하여 추가로 심리하는 것이 가능하다고 보이는 이상 추가 심리 없이 원심(2심)의 결론(아이를 바꿔치기했다)을 그대로 유지하기는 어렵다."[63]

---

63 대법원 2022. 6. 16. 선고 2022도2236 판결.

좀 더 쉽게 풀어보면 다음과 같은 내용이다. "유전자 감정 결과만 보면 외할머니(B)가 자신이 낳은 아이와 손녀를 바꿔치기한 것 같기는 하다. 하지만 지금까지의 결과만으로는 아이 바꿔치기가 있었는지 없었는지 잘 모르겠다."

물론 대법원에서는 '모르겠다'는 결론만 제시하지는 않았다. '안다'고 하기 위해 풀어야 할 의문점(추가로 심리해야 할 사항)을 세세하게 지적했다. 예컨대 다음과 같은 점이다. ① 외할머니(B)가 가진 범행 동기가 의문스럽다는 점. "외할머니(B)가 자신의 출산 사실을 숨기기 위해 자신의 아이와 손녀를 바꿔치기했다고? 결국 자신의 아이가 방치되었는데도 그는 그대로 두고 보기만 했는데?" 이 사건은 아이가 세 살 무렵이 되었을 때 반미라 상태로 발견된 사건임을 잊지 말자. ② 외할머니(B)가 정말 아이를 바꿔치기했다면 그동안 자신의 아이는 어디서 어떻게 길렀는지, 바꿔치기한 손녀는 어떻게 유기했는지 전혀 가늠할 수가 없다는 점. ③ 나아가 검사가 내세우는 사실(아이의 체중이 하루 만에 줄었다거나 아이의 우측 발목의 식별띠가 벗겨졌다는 점 등)은 드문 일이기는 하지만 반드시 아이를 바꿔치기해야만 가능한 일도 아니라는 점. 대법원에서는 이런 의문점을 다시 고민해 보라며 사건을 2심에 돌려보냈다.

여기서 궁금증이 생길 수 있다. "판사가 '모르겠다'고 하는 경우 사건의 결론은 어떻게 되는가? 이도 저도 아닌 상황이 되는 건가? 그래도 어떤 명확한 결론을 낼 수 있는가?"

판결은 반드시 어느 한쪽 손을 들어주는 것으로 끝맺어져야 한다. 그것이 분쟁을 매듭지어야 하는 판결의 역할이다. 법학에서는 판결이 그저 판사의 '모르겠음'으로 마무리되도록 두지 않고 이런 상황에 대비해 미리 이론을 만들어 두었다. 바로 '증명책임 법리'이다. 증명책임 법리란 쉽게 말해 '내가 원하는 결과나 효과를 누리기 위해서는 내가 사실을 증명해야 한다'는 것이다. 사실을 증명할 수 있다면 원하는 결과나 효과를 얻을 것이고, 증명할 수 없다면 그렇지 못할 것이다.

법학에서는 이 명제를 발전시켜, 어떤 결과나 효과를 누리기 위해 증명해야 할 사실을 미리 정하고 이를 누가 증명할지 배분해 두었다. 결국 판사가 '잘 모르겠다'고 하는 말은 곧 '증명이 부족하다'는 말과 같다. 즉 증명책임 법리를 발동해서 '당사자가 원하는 결과나 효과를 누리게 하지 않겠다'는 뜻이다.

아이 바꿔치기 판결에서 대법원이 '잘 모르겠다'고 하면서 사건을 2심에 돌려보낸 것도 증명이 부족하다는 뜻을 내비친 사례이다. 의문점이 풀리지 않으면(아이를 바꿔치기했다는 검사의 주장에 증명이 여전히 충분하지 않으면) 외할머니(B)가 아이를 바꿔치기한 것으로 볼 수 없다(검사가 주장하는 피고인의 미성년자 약취 혐의는 유죄가 아니라 무죄)는 선언으로 이해하면 될 것이다.

이처럼 판사의 모름은 증명책임 법리라는 구조, 나아가 법학의 큰 틀에서 이해할 수 있다. 따라서 판사의 모름은 '체계적 모름'이라고 할 수도 있겠다. 다만 판사가 증명책임 법리에 지나치게 기대서는 안 될 것이다. '섣부른 앎'도 경계해야 하지만 '게으른 모름'도 위험하다. 앎과 모름의 갈림길에서 앎을 향해 정진할 필요가 있다. 진실을 파악하기 위한 노력을 쉽게 멈춰서는 안 된다. 애쓰고 애쓰다 비로소 인정하는 모름만이 가치 있을 것이다. 나 자신도 항상 되새기는 원칙이다.

재치

인간다움의 발로

> "**삼 척의 동자**에게도 의심이 없겠거늘 (다수의견처럼 생각하는 것은)
>
> 아무리 용감해도 못 하리니 이에 동조할 수 없다."[64]

법정은 엄숙하고, 재판은 딱딱하며, 판결은 재미없다. 일반적으로 그렇다. 서로의 옳음을 판가름하는 재판과 판결이 느긋할 수 있겠는가? 치열하고 진지하다 보면 근엄하고 심각해지기 일쑤이다. 대부분 사람이 그러하듯 나도 재판과 판결을 이렇게 이해하고 있었다. '판사'와 '재치'만큼 어울리지 않는 단어가 있겠는가?

하지만 나의 이러한 생각이 고정관념에 불과하다는 것을

---

64   대법원 1979. 12. 26. 선고 76후30 판결 중 대법원판사 민문기의 반대의견.

알려준 몇 가지 이야기가 있다. 물론 '모든 판사가 재치 있다'는 말은 아니다. '어떤 판사는 재치 있다'는 정도가 올바른 표현일 것 같다.

미국 판사의 이야기부터 들여다보자. 미국에서는 판사의 재치에 관심이 컸던 모양이다. 얼마나 관심이 컸던지 판사의 유머를 주제로 연구한 논문까지 발표될 정도이다. 어떤 사람은 대법관의 유머가 청중의 웃음을 얼마나 유발했는지 일일이 세기까지 했다.[65] 지나친 것 같기는 하지만 어쨌든 몇 명이 작성한 논문은 대법관의 유머 몇 토막을 우리에게 알려주는 역할만큼은 성실히 수행한다. 두 에피소드[66]를 가져와 본다.

에피소드 하나. 연방대법원 법정의 전구가 재판 도중 갑작스레 깨졌다. 마침 핼러윈이었다. 막 대법원장이 된 존 로버츠John G. Roberts Jr.가 농을 칠 기회를 놓치지 않았다. "새로

---

65 Malphurs, R. A.(2010). 'People Did Sometimes Stick Things in my Underwear' *The Function of Laughter at the U. S. Supreme Court. People*, 10(2).

66 Adam Liptak, "So, Guy Walks Up to the Bar, and Scalia Says…", *the New York Times*, 2005년 12월 31일 참조.

운 대법원장이 오면 매번 하는 장난입니다." 지금은 작고한 안토닌 스칼리아Antonin Scalia 대법관이 익살스레 대꾸했다. "해피 핼러윈."

에피소드 둘. 한 변호사가 데이비드 수터David H. Souter 대법관에게 스칼리아 대법관이라고 잘못 호칭했다. 변호사가 사과하자 수터 대법관이 특유의 자기비하 농담을 개시했다. "감사합니다만, 사과는 스칼리아 대법관에게 하시면 됩니다."

미국 연방대법원에서는 아무 사건이나 맡지 않는다.[67] 상고허가제certiorari를 통해 선별된 사건만이 연방대법원의 심리 대상이 될 수 있다. 어렵사리 심리 기회를 얻은 당사자와 변호사가 법정에서 느꼈을 긴장감은 쉽게 짐작할 수 있다. 그때 대법관이 슬쩍 건넨 농담은 그들에게 어떤 의미로 다가왔을까? 아마 경직된 마음이 풀리고 조금은 느긋해질 여유를 찾지 않았을까?

---

67 강영재·서용성(2022). 「각국의 상고심 실질심리 사건 선별 방식에 관한 연구」, 《연구보고서》, 2022(03), 1-271.

판사의 재치가 학문적으로 연구되지는 않았지만, 우리나라에서도 판사의 재치에 대해 전설처럼 전해져 오는 일화가 있다. 이번에도 두 에피소드를 소개한다.

에피소드 하나.[68] 원고와 피고가 격하게 다투는 사건에 어르신이 증인으로 출석했다. 원고와 피고는 증인의 말허리를 시도 때도 없이 잘랐다. 판사는 원고와 피고를 달래가며 겨우 증인신문을 마쳤다. 증인으로 온 어르신이 고생하셨다 생각했던지 판사가 증인에게 "할머니, 수고 많으셨습니다"라며 감사의 말을 건넸다. 그러자 증인이 가볍게 웃으며 능쳤다. "판사님, 이왕이면 할머니 말고 누나라고 해주세요." 순간 고요해진 법정. 판사는 그 말을 듣고 으쓱하더니 이렇게 대답했다. "네, 누나." 법정에서는 웃음이 터져 나왔다고 한다.

에피소드 둘.[69] 소말리아 해적 일당이 우리나라 선박을 납치했다. 청해부대는 해적을 소탕하고 인질을 구출했다. 바로

---

68 문유석, "문유석 판사의 '법정일기' ─법정 분위기 녹이는 유머 한 자락",《월간중앙》, 201303호, 2013년 2월 17일.
69 윤희각, "해적재판 판사님 '폭소입담'",《동아일보》, 2011년 8월 9일.

174   판사의 언어, 판결의 속살

그 아덴만 여명 작전이다. 판사가 맡은 임무는 작전 이후 수습하는 일이었다. 생포한 해적 몇 명을 재판하는 마무리 작업이었다. 1심에서 해적들은 중형을 선고받았다. 1심 법정은 당연히 무겁고 침울한 분위기였다. 하지만 2심에서는 분위기가 조금 다르게 흘렀다.

소말리아 통역인이 기차를 늦게 타는 바람에 재판이 1시간 반가량 지연되자 재판장이 말했다. "이번 재판 주연이 저인 줄 알았는데 다른 데 있다는 것을 깨달았습니다." 법정 분위기가 조금 누그러졌다. 통역인이 여전히 도착하지 않고 법정에 어색한 침묵이 계속되자 재판장이 한마디 더 보냈다. "오늘 지각한 소말리어 통역인은 판사 생활 25년 경력인 저보다 일당이 비쌉니다." 방청석에서 웃음소리가 나오며 여유가 생겼다.

최후진술에서는 한 해적 요리사의 발언이 5분을 넘겼다. 재판장이 통역에게 농담을 건넸다. "음식을 요리하는 게 아니라 말을 요리하는 사람이 아닌가 싶습니다. 소말리아에서 정치할 사람인지 물어봐 주십시오." 그 물음을 받은 해적이 한국 구치소 생활이 좋다며 말을 다시 줄줄 이어가니 재판장이 한탄 아닌 한탄을 했다. "말을 시키지 말았어야 했는데 제가 실수한 것 같습니다." 다시 한번 방청석에서 웃음소리가 나왔다고 한다.

원고와 피고가 증인을 추궁할 정도의 치열함이, 중형을 각오한 피고인의 갑갑함이 법정을 온통 채우고 있었다. 그때 판사가 증인에게 그의 요청대로 순순히 "누나"라고 부른다든지, 재판에 늦는 통역을 두고 "재판의 주역", "나보다 비싼 일당"이라며 그의 지각을 양해해 달라고 법정에 돌려 말한다든지, 최후진술을 하는 피고인에게 "말을 잘한다. 잘 듣고 있다"라며 덕담 아닌 덕담을 건넨다든지 하는 행동은 법정의 치열함과 갑갑함을 조금이나마 누그러뜨렸을 것이다. 그래서 법정에서 웃음이 터져 나왔고 그만큼 엄숙한 법정, 딱딱한 재판이 여유를 찾았을 테다.

법정이 아닌 판결에서도 판사의 재치가 드러난 경우가 있을까? 공문서로 남고 공개되는 데다가 엄정한 판단을 하는 판결인데? 믿기 어렵겠지만, 있다! 한 대법관은 자신의 생각을 문장으로 풀어낼 때 능치는 솜씨가 대단했다. 혹자는 그를 두고 아름다운 문체를 구사한다며 시인詩人 판사라고 했다.[70] 소수의견을 지키려는 기개와 용기를 담았다고 평가받는 이 문장 때문이다. "한 마리의 제비로서는 능히 당장에 봄을 이룩할 수 없지만 그가 전한 봄, 젊은 봄은 오고야 마는 법, 소수의견을 감히 지키려는 이유가 바로 여기에 있는 것이다."

하지만 제비와 봄만 바라보다가는 그의 재치와 익살을 놓치기 쉽다. 그의 어록을 살펴보자. 이 글 첫머리에 적은 문장도 포함되어 있다.

"(다수의견은) 실로 그 뿔을 바로잡으려다가 소를 잡아 죽이는 격이 되니 실로 난센스의 연출이요, 적은 문제가 아니다."[71]

"(소수의견이 중요하게 생각하는 부분은) … 있어서 안 될 것은 없으나, 없다고 안 될 것은 못 되는 군소리거나 뱀의 다리로 인정

70　노윤정, "'詩人판사'들을 아십니까?", 《문화일보》, 2007년 3월 8일.
71　대법원 1979. 2. 13. 선고 78누428 전원합의체 판결 중 대법원판사 민문기의 소수의견.

될 것뿐이니, 못 본 체한들 상관이 없는 것이므로 무슨 이유로든 (소수의견의 견해는) 난센스를 못 면하리니 그 적용을 정면으로 반대하는 이유는 바로 여기에 있다."[72]

"삼 척의 동자에게도 의심이 없겠거늘 (다수의견처럼 생각하는 것은) 아무리 용감해도 못 하리니 이에 동조할 수 없다."[73]

"(법의 취지가 이런 내용인 것을) 다시 들추는 자체가 잔소리(겠지만, 내가 굳이 잔소리하면서까지 살펴보면), (다수의견의 견해는) 대추나무에 연 걸리듯 모순에 걸(리는 것을 알 수 있다)."[74]

상대방의 주장을 난센스라느니, 군소리라느니, 뱀의 다리(사족)라느니 하며 다채로운 말로 변주하고, 내 말이 옳은 것은 삼척동자도 아는데 굳이 잔소리까지 해야겠냐고 한탄하며, 상대방처럼 생각하는 것은 정말 용감한 행동이라며 반어

---

72 대법원 1973. 12. 28. 선고 73수1 전원합의체 판결 중 대법원판사 민문기의 다수의견에 대한 보충의견.

73 대법원 1979. 12. 26. 선고 76후30 판결 중 대법원판사 민문기의 반대의견.

74 대법원 1977. 9. 28. 선고 77다1137 전원합의체 판결 중 대법원판사 민문기의 소수의견.

법까지 구사하는 센스. 하지만 그의 문장은 신랄한 비판으로 읽히기보다는 위트로 읽힌다. 그의 문장을 접한 다른 대법관들도 "또 시작이네"라고 하면서 저도 모르게 웃음이 나지 않았을까? 그러면서 그의 주장을 한 번 더 살펴보지 않았을까? 그래서인지 그는 시인 판사 외에 또 다른 별명을 가지고 있다. 바로 기인奇人.[75] 이렇게 판결에 적나라한 표현을 쓰고 후대에 문장을 공고히 남긴 그다운 별명이다.

심리학 용어 라포르Rapport는 '서로의 신뢰관계, 마음의 유대' 등을 의미한다. 주로 의료계에서 치료자와 환자 사이의 관계를 두고 하는 말이다. 라포르가 형성되면 환자는 의사에게 자신의 상태와 원하는 바를 스스럼없이 이야기하고 의사의 진단과 처방을 진지하게 받아들인다. 라포르는 의사와 환자가 동행하는 데 전제 조건이 된다.

재판과 판결 과정에서도 라포르가 중요하다. 재판과 판결은 누군가 한 명이 외따로 완성해 나가는 일방적 결과물이 아

---

75 임범, "(화요일에 만난 사람) 민문기/김재규 상고심 당시 대법관",《한겨레》, 1993년 10월 26일.

니다. 판사와 당사자 사이에, 또 판사들 사이에 상호작용을 통해 쌓아 올린 결과물이다. 진지하게 임하다 보면 분위기가 무거워져 긴장 수위가 한없이 올라갈 수 있다. 이때 판사의 특별한 재치가 공기를 바꿀 수 있다. 판사의 재치는 상대의 웃음을 유발하고 장벽을 허물어 허심탄회하게 서로를 바라볼 수 있게 한다. 판사의 품 넓은 재치는 재판과 판결에서 넉넉함과 여유를, 나아가 라포르를 갖게 하는 하나의 방법이 아닐까? 나는 여전히 재미없고 진지한 판사이다. 그래도 끊임없이 재치와 유머를 탐구하는 것은 이와 같은 재치의 힘을 믿기 때문이다.

실수
뒷수습 대신 앞수습

"이 사건 영장은 법관의 서명날인란에 서명만 있고

날인이 없으므로 … 적법하게 발부되었다고 볼 수 없다. …

그러나 … 이 사건 영장에 따라 압수한 (물건 등) … 은

유죄 인정의 증거로 사용할 수 있(다). "[76]

나는 사람은 실수하기 마련이라고 생각한다. '무사고, 무결점'이란 말은 이상 같은 말이거나 간절한 바람 같은 것 아닐까? '지혜로운 사람이라도 천 번의 생각에 한 번의 실수가 있다千慮一失'는 고사성어에서도 실수의 필연을 통찰하고 있다. 따라서 실수를 인정하고(물론 줄이려고 노력해야 하겠지만) 이것

---

76 대법원 2019. 7. 11. 선고 2018도20504 판결.

에 어떻게 대응하고 수습해 나가는지가 중요하다.

철저할 것 같은 검사나 판사도 실수를 한다. 검사나 판사도 사람이기 때문에 그럴 수 있다. 내 관심은 판결에서 그 실수를 어떻게 바라보는지 그리고 이를 어떻게 수습해 나가는지에 있다.

판결에서는 검사나 판사의 실수에 어떻게 대응할까? 검사는 공소장에 간인을 남겨야 한다. 간인은 '하나의 서류가 여러 장으로 되어 있는 경우 그 서류의 각 장 사이에 겹쳐서 날인하는 것'을 말한다. 보통 앞장을 반쯤 접은 뒤 앞장의 뒷면과 뒷장의 앞면을 한 도장으로 한 번에 찍는다. 그러면 도장이 앞장과 뒷장에 반씩 나뉘어 찍힌다. 나중에 다시 합치면 온전한 도장의 모습이 나온다. 요컨대 간인은 혹시 누군가가 생뚱맞은 서류를 중간에 끼워 넣는 것을 쉽게 알아채기 위해 찍는 것이다. 공소장이 한 장인 경우는 드물다. 검사는 적게는 몇 장에서 많게는 수십 장에 이르는 공소장을 일일이 펼쳐가며 간인을 찍는다. 그러다 공소장 분량이 워낙 많으면 간혹 간인을 빠뜨리기도 한다.

그렇다면 이때 간인을 누락한 잘못(실수)이 있으니 검사의 공소제기는 무효가 될까? 그렇지 않다. 간인 자체는 중요하지 않다. 간인이 추구하는 목적이 중요하다. 따라서 판결에서는 검사의 간인이 없어도 공소장이 '일체성이 인정되고 동일한 검사가 작성했다고 인정되는 한(즉 누군가가 문서를 끼워 넣거나 뺀 것 같지 않은 이상)' 공소제기가 유효하다고 본다.[77] 이정도 실수는 눈감아 주는 것이 맞다는 판결의 태도이다.

그렇다면 공소장에 간인이 아니라 작성자인 검사의 날인이나 서명을 누락한 경우에는 어떻게 될까? 피고인이 피해자를 속여 1,200만 원의 이익을 얻었다며 검사가 피고인을 사기죄로 기소했다. 실컷 재판을 했고, 1심에서 피고인에 대해 유죄 판결이 나왔다. 그런데 2심에서 들여다보니 공소장에 검사의 날인이나 서명이 없었다. 공무원이 작성하는 서류에는 담당자의 기명날인 또는 서명이 반드시 들어가야 한다. 검사의 공소장에 날인이나 서명이 빠져 있으니 당연히 문제가

---

77 대법원 2021. 12. 30. 선고 2019도16259 판결.

되었다. 이때 2심에서는 검사의 실수를 고치라고 하지 않고 검사의 공소제기 자체가 무효라면서 피고인을 처벌할 수 없다고 했다(공소기각). 대법원에서도 판사가 검사에게 잘못을 고칠 기회를 줄 수는 있지만 그런 기회를 꼭 줄 필요는 없다며 2심의 태도를 인정했다.[78]

공소장에 간인을 빠뜨린 정도는 눈감아 주었지만 검사의 날인이나 서명이 누락된 것은 선을 넘은 일로 본 것이다. 그러나 이런 경우에도 보완 장치가 마련되어 있다. 판사가 검사에게 "날인이나 서명이 빠졌으니 보완하세요"라고 알려줄 수 있다. 반드시 알려줘야 하는 것은 아니지만 실무에서는 대체로 알려준다. 처벌해야 할 사람을 처벌하지 못하는, 어쩌면 더 큰 잘못을 저지르는 결과를 낳을 수 있기 때문이다.

판사의 실수는 또 어떨까? 판결에도 판사의 서명날인이 있어야 한다. 그런데 가끔 판사가 서명날인을 빠뜨리는 경우가 있다. 검사의 서명날인에서 실수를 만회할 기회를 준 것처럼

---

[78] 대법원 2021. 12. 16. 선고 2019도17150 판결.

나중에라도 보완할 수 있을까? 아니다. 그러한 판결은 "위법하여 도저히 유지될 수 없다"[79].

하지만 판결에 빠진 서명날인이야 재판을 다시 하면서 채워 넣을 수 있다. 재판이 조금 지연될 뿐 실제 결과는 달라지지 않으니 그나마 다행일까? 그런데 압수수색영장 발부 판사가 영장에 서명날인을 빠뜨리는 경우에는 자칫 그 영장에 의해 수집된 증거가 '위법수집증거'가 되어 재판에서 증거로 사용하지 못할 위험이 발생할 수 있다. 수사기관에서 압수수색을 통해 증거를 확보해도 판사의 실수 때문에 증거를 쓸 수 없게 된다면, 벌줄 사람을 벌주지 못하는 잘못된 결과가 나올 수 있다.

이에 따라 판결에서는 이 글 첫머리에 적은 문장과 같이, 그러한 영장은 '적법하게 발부되지 않았고 유효한 영장이 아니'라면서도 그 영장에 기초한 수사와 수집한 증거는 유효한 것으로 보아야 한다고 했다.[80] '형사사법 정의'를 실현하기

---

79   대법원 1990. 2. 27. 선고 90도145 판결.
80   대법원 2019. 7. 11. 선고 2018도20504 판결.

위함이다.

지금까지 판결을 보면, 검사와 판사가 한 실수의 경중을 가리되 가능한 한 보완하여 정의에 맞는 사법절차를 진행하고자 하는 판결 태도를 엿볼 수 있다. 실수는 했지만 그 실수에 발목을 잡혀 앞으로 나아가지 못하면 안 된다는 것. 자못 상식적이다.

누군가는 '이런 실수를 막기 위해 실수하지 않도록 철저히 교육해야 한다'거나 '실수하는 경우 엄하게 처벌해야 한다'는 의견을 낼지도 모른다. 하지만 나는 이러한 방식으로는 '실수의 필연'을 막을 수 없다고 생각한다. 뒷수습만으로는 실수를 온전히 막을 수 없다.

앞서 다룬 검사와 판사의 실수에는 하나의 공통점이 있다. 이를 살펴보면 그 실수를 미리 수습할 수 있는 해결책 또한 가늠해 볼 수 있다. 검사와 판사의 실수는 모두 형사재판에서 발생했다. 그렇다면 검사와 판사는 어째서 형사재판에서 유독 실수하는지 물을 수 있다. 나는 그 실수가 형사재판이란 시스템에서 비롯되었다고 생각한다.

형사재판은 지금까지 종이로 진행되어 왔다. 종이로 된 공소장이나 판결에 손으로 직접 서명날인을 하다 보니 검사나 판사가 가끔 놓치는 경우가 생긴다. 실수의 필연이다. 하지만 특허, 민사, 행정 판결에는 이런 실수가 발생하지 않는다. 2010년 특허, 2011년 민사, 2013년 행정 사건에 전자소송이 도입되면서 판결에 전자서명을 하게 되었다. 판사가 전자서명을 하지 않으면 판결이 등록되지 않는다. 판결을 등록하려면 반드시 전자서명이 필요하다. 이런 시스템에서는 판사가 서명날인을 누락할 수 없다. 반면 형사소송에서는 형사사법 정보 집중에 따른 남용 우려, 사법부와 행정부 간 시스템 구축 방식 등 여러 논의할 만한 사항이 있어 전자소송 도입이 늦춰져 왔다.

다만 형사사법절차에서의 전자문서 이용 등에 관한 법률이 2021년에 제정되었고, 2024년부터는 형사사건에서도 전자소송이 시행될 예정이다. 계획대로 형사절차가 전자화된다면, 그래서 검사나 판사의 서명날인이 누락된 채로 절차가 진행되는 일이 없게끔 시스템이 갖춰진다면 이와 같은 실수는 미리 수습될 수 있을 것이다.

　나는 실수의 원인을 파악해서 그 원인을 제거할 수 있도록 환경을 개선하는 것이 실수 재발을 막는 데 효과적이라고 믿는다. 실수에는 '뒷수습'이 아니라 '앞수습'이 중요하니까. 실수에 책임을 묻기보다 실수가 다시 발생하지 않도록 하는 것이 더 중요하다. 실수가 발생하지 않게끔 여러 장치를 마련해 미리 대비하는 것, 즉 '앞수습'이 실수 재발을 막는 지름길이지 않을까 생각해 본다.

비유

때로는 열 마디 말보다

"**공법의 원시림**을 탐험하면서 살아 있는 법을 발견해 나가는 것은

중요한 일이다."[81]

나는 문학에서 비유만큼 언어를 탐스럽게 하는 것은 없다고 생각한다. 시인 김동명은 "내 마음은 호수"라고 노래했다. 배를 타고 노 저어 오는 그대의 그림자를 안은 채 부서져도 좋다는, 그의 열렬한 사랑 고백이었다. 소설가 김영하는 주인공이 스스로 "내 마음은 사막"이라고 내뱉게 했다.[82] '사막'이라는 비유 하나로 주인공의 마음이 아무것도 자라지 않

---

81 대법원 2021. 5. 6. 선고 2017다273441 전원합의체 판결 중 대법관 안철상의 별개의견.

82 김영하(2013). 『살인자의 기억법』. 문학동네 참조.

고 습기도 없이 메마른 상태임을 단박에 표현했다.

판결에서도 비유를 사용할까? 나도 한때 '설마 판결에서 비유를 사용하겠는가?' 하는 의구심을 가졌다. 차마 내가 비유를 쓸 감이 되지 않음을 잘 알기에, 나에 비추어 다른 판사들을 바라보았기 때문일 것이다. 하지만 보기 좋게 틀렸다. 놀랍게도 판결에서도 비유를 사용한다. 그러고 보니 어느 심리학자는 비유를 "추상적 생각을 구체적 이야기로 연결할 수 있는 능력"[83]이라고 말했던가. 이러한 효율적인 기능을 가진 비유를 판결에서 굳이 마다할 이유는 없겠다. 문학에서만큼 신선하고 멋있지는 않겠지만, 독자가 쉽게 이해할 수 있도록 판결에서도 간단한 비유를 사용한다.

과거에 법조인 인맥지수를 알려주는 서비스가 있었다. 이름, 출생지, 성별, 사법시험 합격 연도, 사법연수원 기수, 출신 학교, 법원·검찰 근무 경력 등과 같은 법조인의 신상정보

---

83 Pinker, S.(2010). 'The cognitive niche: Coevolution of intelligence, sociality, and language'. *Proceedings of the National Academy of Sciences*, 107(supplement_2), 8993-8999.

를 수집한 뒤 두 법조인 사이의 개인정보와 경력이 일치하면 일정 점수를 부여해 합산하는 방식으로 인맥지수를 계산해서 제공했다. 더 나아가 '가까운 법조인 찾기', '두 사람의 관계 보기', '징검다리 인물 찾기' 등 검색서비스를 유료로 제공하기도 했다.

당연하게도, 이런 서비스가 과연 올바른 것인지에 대해 문제가 제기되었다. 가뜩이나 전관예우 논란이 있는데 인맥지수를 대놓고 드러내면 불필요한 잡음과 의심이 생기지 않겠는가? 그래서 대법원의 다수의견에서는 이러한 서비스가 위법하다고 판단했다.[84] 하지만 반대의견에서는 굳이 서비스를 막기까지 할 필요가 있겠냐는 입장을 견지했다. 이때 반대의견에 대한 보충의견에서 두 가지 비유를 사용했다.[85] 바로 지도와 나침판이다.

---

84 대법원 2011. 9. 2. 선고 2008다42430 전원합의체 판결.
85 대법원 2011. 9. 2. 선고 2008다42430 전원합의체 판결 중 반대의견에 대한 대법관 양창수, 대법관 박병대의 보충의견.

"우리나라 법률시장도 점점 규모가 커지면서 그에 관한 정보의 바다가 형성되고 있고, 그 바다를 항해하는 데에도 당연히 해도나 나침판이 필요하게 되었다. 그 역시 시장 수요의 일부이다. 소비자가 어떤 지도와 나침판을 믿고 이용하느냐는 그들의 판단에 맡기면 된다. … 법원이 나서서 그 지도와 나침판이 얼마나 믿을 만한지 검열할 일은 아니다."

반대의견에 대한 보충의견은 이렇게 이해할 수 있겠다. "법조인의 신상정보 등은 사실 이미 공개되어 누구나 이용할 수 있다(정보의 바다). 인맥지수란 두 법조인 사이의 연고를 나름의 기준으로 제시한 것이다(지도와 나침판). 이것은 서비스 제공자의 '의견'에 지나지 않는다. 그런데 '의견'을 표시하는 것은 표현의 자유에 해당하지 않는가?" 결론적으로 반대의견 측에서 다수의견을 설득하지는 못했다. 하지만 지도와 나침판 비유를 통해 "과연 듣고 보니 그럴 수도 있겠다"라며 사람들을 한 번 더 생각하게 했다면 그 비유는 성공적이었을 테다.

판결에서 비유는 이처럼 상대의견을 설득할 때 흔히 사용된다. 그런데 판사 자신의 역할과 나아가야 할 방향을 비유로 표현한 경우도 드물게 있다.

우리나라에서는 공법과 사법을 구별하고 있다. 그런데 이 구분이 여간 복잡한 것이 아니다. 국가가 개인보다 우월하면 그 관계를 공법관계라고 하고, 이를 다투려면 행정소송으로 해야 한다. 서로 대등하면 그 관계를 사법관계라고 하고, 이를 다투려면 민사소송으로 해야 한다. 일단 이 정도만 이해하고 넘어가 보자. 그런데 공법과 사법을 구별할 필요가 있는지, 그 기준은 무엇인지 등 여전히 문제가 제기되고 있는 상황에서 마침 이 문제가 쟁점이 된 사건이 있었다. 그러자 한 대법관이 이에 대해 고민하면서 다음과 같이 공법학의 현재와 판사의 역할을 묘사했다. 이 글 첫머리에 적은 문장도 여기서 비롯되었다.

"공법학은 … 역사가 짧은 학문이다. 아직 개척하여야 할 분야가 많고, 이러한 점에서 원시림이라고 할 수도 있다. … 공법의 원시림을 탐험하면서 살아 있는 법을 발견해 나가는 것은 중요한 일이다."[86]

'원시림'이라는 비유를 통해 공법학이 아직 더 연구되어야 할 분야임을 인상적으로 나타냈다. 판사가 이를 재판하고 판결해 나가는 과정은 '탐험'에 비유했다. 이 글을 읽은 누군가는 "맞아, 나는 단순한 법률가가 아니라 탐험가야"라며 연구 의욕을 더 내지 않았을까?

언젠가 "좋은 비유를 만났을 때 이리저리 궁리해 보아야 좋은 '시인'이다"라는 말을 들은 기억이 난다. 예컨대 '내 마음은 호수', '내 마음은 사막'이라는 표현을 만났을 때 '내 마음은 바다', '내 마음은 초원'과 같이 응용해 보라는 이야기였다. 시인과 판사는 언어를 다룬다는 점에서 닮은 면이 있다. 나도 지도와 나침판, 원시림과 탐험 같은 비유를 만났을 때 이리저리 시도해 보기는 했다. 무언가 번뜩이는 표현을 찾

---

86 대법원 2021. 5. 6. 선고 2017다273441 전원합의체 판결 중 대법관 안철상의 별개의견.

아 나서던 중 이내 그만두었다. 아직 나는 정직한 문장과 단정한 표현을 꾸리기도 쉽지 않은걸. 나의 아쉬움은 또 다른 문학이나 판결에서 멋진 비유를 만나는 것으로 충분히 달랠 수 있을 듯싶다.

문제는 나

"**가을 들녘에는 황금물결이 일고,**

집집마다 감나무엔 빨간 감이 익어간다. …

이 사건에서 따뜻한 가슴만이 피고들의 편에 서 있는 것이 아니라

차가운 머리도 그들의 편에 함께 서 있다는 것이

우리의 견해이다."[87]

『칼의 노래』라는 작품으로 문인들로부터 벼락같은 축복이라는 찬사를 들은 김훈의 문체는 무척 간결하다. 그는 문장을 짧게 쓰면서 한 문장에서 육하원칙을 고의로 지키지 않는다. 예컨대 일부러 '왜'를 생략해서 독자로 하여금 이를 궁금하

---

[87] 대전고법 2006. 11. 1. 선고 2006나1846 판결.

게 하는 식이다. 그가 기자 시절에 1980년대 목동 신시가지 개발 문제를 다룬 기사 첫머리에 쓴 문장 "목동 마을 사람들은 불도저가 미웠다"[88]는 그의 문장론을 잘 나타낸다.

그런가 하면 박완서는 수다스러움으로 일상의 정취를 한껏 고양한다. 일제강점기 때 엄마가 어린 딸아이를 서울로 학교 보내려고 머리를 빗겨준다면서 갑자기 짧게 잘라버리는 장면을 보자. 그는 머리가 짧게 잘린 딸아이의 모습을 "꼴이 가관"이라고 묘사하면서, 엄마가 딸아이를 달래는 장면을 이렇게 썼다. "좀 좋으냐, 가뜬하고, 보기 좋고, 빗기 좋고, 감기 좋고…."[89] 비슷한 말을 나열해 수다스럽지만 친근한 느낌을 준다.

문학에서는 이처럼 다채로운 문체가 잔치를 벌인다. 판결에서는 어떨까? 아마 다들 이렇게 생각하지 않을까 싶다. '딱딱한 판결에 어떤 개성 있는 문체랄 것이 있겠는가? 문장이 단조롭겠지. 다 거기서 거기 아닐까?'

---

88 전병근, "[강연] 작가 김훈 '나는 왜 쓰는가'", 《조선비즈》, 2014년 11월 1일.
89 박완서(2012). 『엄마의 말뚝』. 세계사.

나도 비슷한 생각을 하고 있었다. 다른 판사들도 마찬가지였다. 하지만 우리의 생각은 한 판결에서 구사한 벼락같은 파격을 만나고 나서 흔들리고 말았다. 이 판결은 여러 차례 연구 대상이 되었고 지금까지 회자될 만큼 충격적이었다. 이른바 '황금들녘 판결'이다.

이 판결이 나온 배경은 이렇다. 75세 노인이 병든 아내를 수발하던 중이었다. 자신과 아내를 건사하기도 쉽지 않던 노인은 딸에게 돈 관리를 맡겼다. 자신들이 살게 될 임대주택 임차인 명의도 딸 이름으로 했다. 대한주택공사가 무주택자 임차인에게 임대주택을 분양하기로 결정했을 때 문제가 발생했다. 형식상 임차인인 딸은 당시 다른 주택을 소유하고 있었고, 실제 거주자인 노인은 서류상 임차인이 아니었다. 딸도 노인도 임대주택을 분양받을 수 없게 된 것이다. 대한주택공사는 노인에게 퇴거를 요구했다.

2심 판사는 이 사건에서 주택 분양 자격은 '실질적 의미의 임차인'에게 있다며 실제 거주자인 노인이 실질적 임차인이니 퇴거하지 않아도 된다고 했다.[90] 이때 펼쳐낸 문장이 이 글 첫머리로 인용한 아래 문장이다.

"가을 들녘에는 황금물결이 일고, 집집마다 감나무엔 빨간 감이 익어간다. 가을걷이에 나선 농부의 입가엔 노랫가락이 흘러나오고, 바라보는 아낙의 얼굴엔 웃음꽃이 폈다. 홀로 사는 칠십 노인을 집에서 쫓아내 달라고 요구하는 원고의 소장에서는 찬바람이 일고, 엄동설한에 길가에 나앉을 노인을 상상하는 이들의 눈가엔 물기가 맺힌다. 우리 모두는 차가운 머리만을 가진 사회보다 차가운 머리와 따뜻한 가슴을 함께 가진 사회에서 살기 원하기 때문에 법의 해석과 집행도 차가운 머리만이 아니라 따뜻한 가슴도 함께 갖고 하여야 한다고 믿는다. 이 사건에서 따뜻한 가슴만이 피고들의 편에 서 있는 것이 아니라 차가운 머리도 그들의 편에 함께 서 있다는 것이 우리의 견해이다."

---

90 대전고법 2006. 11. 1. 선고 2006나1846 판결.

수필과도 같은 판결 문장에 우리는 다들 놀랐다. 아름다운 문장이라는 평가도 있었지만 지나친 문장이라는 비판도 있었다. 한 가지 조심스럽게 이야기할 수 있다. 나는 이 판결에 쓰인 문장이 판결의 보통 문체라고 보지는 않는다. '황금들녘 판결'이 상고되었을 때 대법원에서조차 이 판결의 문체에 화답하지 않았다. 으레 그러하듯, 2심에서 제시한 의견을 받아들일 수 없음을 정직한 문체로 짚었을 뿐이다. 유려한 문장에 수려한 문장으로 답하고 싶은 마음이 대법관들에게 없었을까? 그럼에도 자제했다고 생각한다. 건조하고 얌전한 문체더라도 그 내용과 뜻을 잘 전달하면 충분하다는 의미가 아니었을까?

물론 판결에 일반적으로 쓰이는 문체는 많은 비판을 받아왔다. 긴 데다 재미없고 낯설어서 이해하기 어렵다는 지적을 오래전부터 들어왔다. 현재 판결의 문장을 모범으로 내세울 수 없는 이유이다. 다만, 판결의 문장도 현재 지켜나가는 원칙이 있고, 추구하는 이상이 있다. 원칙을 상기하고 이상을 좇는다면 판결에 점점 더 나은 문장을 쓸 수 있을 것이다.

그런데 판결에서 추구하는 문체는 우리가 아는 일반적인 문체와는 조금 다르다. 그래서 판결을 읽을 때 유의할 필요가 있다. 두 가지만 예로 들어본다.

첫째, 접속어의 사용이다. 문장수리공으로 알려진 출판계 교정전문가 김정선은 '그런데, 그러나, 그리고, 하지만' 등과 같은 접속어는 '삿된 것'이라고 했다.[91] 그는 김훈이 쓴 소설을 읽을 때 공연히 접속어를 헤아려 본다면서, 소설 『남한산성』에서 '그러나'를 딱 한 번 보았다고 한다. 그는 "그건 말이라기보다 말 밖에서 말과 말을 이어 붙이거나 말의 방향을 트는 데 쓰는 도구에 불과하다. 말을 내 쪽으로 끌어오거나 아니면 상대 쪽으로 밀어붙이려는 '꼼수'를 부릴 때 필요한 삿된 도구"라며 접속어를 매섭게 혹평한다.

잘 쓴 문학 작품에는 분명 접속어를 찾기 어렵다. 술술 읽히는 긴 글에서 접속어의 필연적 부재를 뒤늦게 발견했을 때는 작가의 능란한 글솜씨에 짜릿하기까지 하다. 하지만 판결

---

91 김정선(2016). 『내 문장이 그렇게 이상한가요』. 유유 참조.

에는 이러한 원칙을 마냥 적용하기 어렵다. 판결에서 접속어를 쓰지 않는 문장을 오히려 문제 삼는 견해도 있다. 판결에서는 논리적 관계를 명확히 드러내는 것이 글의 맛보다 우선하기 때문이다.

따라서 '그러나, 그리고, 그러므로, 왜냐하면' 같은 접속사를 활용해 문장과 문장 사이의 논리적 연결을 표현할 필요가 있다.[92] 그러고 보니 문장수리공도 나직하게 인정하지 않았던가. "(접속어는) 말이 이야기가 되는 데 없어서는 안 되는 필수 요소이기도 하다. 이야기란 원래 삿된 것이니까." 물론 판결이 삿된 것은 결코 아니지만.

둘째, 구어체의 사용이다. 문어체는 진중하고 깊이가 있어 문학에서 제법 중용된다. 김훈이 묘사한 부친이 세상을 떠날 때의 장면을 보자.

땅을 파는 데 한나절이 걸렸다. 관이 구덩이 속으로 내려갈

---

92 권영준(2018). 「대법원 판결서 개선의 당위성과 방향성」, 《사법》, 1(44), 43-84.

때, 내 어린 여동생들은 따라 들어갈 것처럼 땅바닥을 구르며 울었다. 불에 타는 듯한, 다급하고도 악착스러운 울음이었다. 나는 내 여동생들을 꾸짖어 단속했다. "요사스럽다. 곡을 금한다."[93]

"요사스럽다. 곡을 금한다." 김훈이 정말 이처럼 말했다고 믿지는 않는다. "시끄럽다. 울지 마라"라는 말이 갖는 평범함을 벗어나고자 이렇게 표현했다고 생각한다. 문어체는 낯섦을 내세우며 글만이 가지는 매력을 한껏 고양한다. 그러나 판결은 문학이 아니다. 공문서에서는 멋부림보다 정갈함을 우선시해야 한다. "달이 아름답네요 月が綺麗ですね"라고 편지 쓰듯 빙빙 둘러댈 필요 없이, "사랑한다"라고 직진하듯 고백할 필요가 있다. 따라서 판결에는 문어체보다 구어체가 잘 어울린다.

구어체를 구사하기 위해서는 '명사'보다 '동사'를 문장의

---

93 김훈(2015). 「광야를 달리는 말」, 『라면을 끓이며』. 문학동네 참조.

중심에 두어야 할 것이다. 그런데 판결에서는 '명사'가 문장을 주도하는 경우가 많다. 예컨대 "영업을 양도하면서…"라고 부드럽게 고쳐 적어도 될 것을 "영업양도가 이루어지면서…"[94]라고 적는 식이다. 비판을 받아 마땅하다. 굳이 변명하자면 법 때문이다. 법에 "양수인이 영업양도를 받은 후"라는 표현이 있다.[95] 법에 있는 표현을 그대로 옮기다 보니 명사 위주로 문장을 쓰게 된다. 불가피한 경우가 아니라면 명사 위주의 문장은 자제함이 마땅하다.

『적과 흑』을 쓴 프랑스 소설가 스탕달은 문장의 명료함과 간결함을 익히기 위해 나폴레옹 법전을 매일 읽었다고 한다. 김훈도 군더더기 없는 문체를 다잡기 위해 법전 읽기를 즐긴다고 했다. 그러나 법전을 토대로 판사의 해석을 덧붙인 판결이 문체의 모범이 될 수 있겠는가? 나는 이 질문에 대해서는 아직 긍정도 부정도 할 수 없다. 다만 판결을 작성할 때 다음 원칙을 잘 지켰는지 스스로 돌아본다. "판결서는 작성자인

---

94 대법원 2022. 4. 28. 선고 2021다305659 판결.
95 상법 42조 2항.

법관의 의사를 정확히 전달하면서도 공문서로서의 품위와
격조를 유지하여야 한다."[96]

---

96   사법발전재단(2020). 『형사판결서작성론』. 사법발전재단 참조.

친절

당연한 권리

"안타깝지만 원고가 졌습니다."**97**

출근 전 신문기사를 훑던 중 내 눈을 의심했다. "판결문은 …
잘 읽히지 않고 이해하기도 어렵다"라며 으레 판결을 비판하
는 것으로 시작되는 그 기사에는 "그런데 최근 서울행정법원
행정11부에서 한 선고는 달랐다. … 원고가 청각장애인인 소
송에서 선고를 하면서 '안타깝지만 원고가 졌습니다'라는 설
명을 덧붙였다"라는 내용이 실려 있었다. 그때까지만 해도
'원고에게 친절한 재판부구나' 싶었다. 하지만 기사에서 다
음 내용을 읽고 나서 놀라움을 감출 수 없었다. "판결문에도

---

97 서울행정법원 2022. 12. 2. 선고 2021구합89381 판결.

그대로 적혔다. … 원고가 판결 내용을 정확하게 파악할 수 있도록 재판부가 배려한 것이다."[98]

"안타깝지만 원고가 졌습니다"라는 문장이 판결에 적혔다는 기사에, 나는 빨리 출근해서 판결을 확인하고 싶어 몸이 달았다. 왜 그랬을까, 어떻게 적었을까, 무슨 사건일까? 구체와 실상을 파악하고 싶었다. '안타깝다'는 표현이 판사의 솔직한 감정인지, 속 깊은 배려인지도 궁금했다.

판결을 검색하기 시작했다. 설마 하면서도 키워드를 '안타깝지만'으로 입력했다. 바로 검색되었다. 서울행정법원 2022. 12. 2. 선고 2021구합89381 판결. 그리고 기사가 진실임을 확인했다. 판결의 [주문]. "원고의 청구를 기각한다(안타깝지만 원고가 졌습니다)." 괄호로 표시된 문장은 이때껏 보지 못한 주문이었다. 눈은 빠르게 판결문의 [이유]로 넘어가고 있었다.

사안은 이렇다. 서울 강동구청장이 2022년도 장애인일자

---

98 장택동, "[횡설수설] '안타깝지만 원고가 졌습니다'", 《동아일보》, 2023년 1월 3일.

리 사업 모집공고를 냈다. 행정도우미, 바리스타, 복지서비스 지원과 같은 전일제 유형(43명 선발)도 있었다. 선천성 중증 청각장애를 가지고 있던 원고는 전일제 일자리를 신청했다.

강동구에서는 이틀간 면접을 실시했고, 청각장애인을 배려해 수어통역사를 배치했다. 하지만 원고는 불합격하고 말았다. 원고는 다음 이유로 불합격 처분이 취소되어야 한다고 했다. "첫째, 자신은 중증 청각장애인이어서 수어로만 의사소통이 가능하다. 면접에 더 많은 시간이 필요하고, 면접 전부터 미리 수어통역사의 조력이 필요하며, 일반 장애인보다 가산점을 부여받아야 한다. 그런데 그렇지 않았다. 둘째, 전일제 일자리에는 결국 경증 청각장애인만 합격했다. 이는 중증 청각장애인을 차별한 것이다."

서울행정법원 판사는 면접 과정을 상세히 살폈다. 그 결과 불합격 처분은 정당하다고 판단했다. 첫째, 모든 면접자에게 주어진 질문 개수는 다섯 개로 같았다. 추가 질문은 없었다. 그 내용도 지원 동기, 건강 관리, 경험이나 자신 있는 일 등을 묻는 평이한 것이었다. 마지막으로 더 하고 싶은 말씀 있냐고 묻기까지 했으니 20분의 시간은 충분하다고 보았다. 둘째, 면접 시간은 공식적으로 20분이었지만 실제로는 시간 제한과 관계가 없었다. 시간 초과를 이유로 면접이 종료되지는 않았기 때문이다. 실제로 수어통역사는 시간 제한이 있다는 것도 몰랐다고 했다. 셋째, 강동구가 마련한 선발기준표에서는 장애 정도가 심한 경우에는 심하지 않은 경우보다 3점이 더 부여되어 있었다. 넷째, 공정성 때문에 수어통역사의 이른 조력은 불가능하다. 자칫 수어통역사가 면접자들을 만날 경우 가장 먼저 시험을 치른 지원자의 불신을 초래할 수 있었다.

혹시 일자리 제도에 중증 장애인을 차별하는 조항이 있는지도 살펴보았다. 일자리 제도에서는 이들에게 유리한 점수를 부여함과 동시에, 장애 정도가 심한 경우에는 심하지 않은 경우와 달리 신청자격이 2년을 초과해도 가능하다고 규정하고 있었다. 최근 3년 동안 여섯 명의 중증 청각장애인이 근무한 내역도 확인되었다. 이에 따라 판사는 여느 판결과 마찬가지로 판단을 설시하고 마무리했다.

여기서 멈추었으면 보통의 판결이었을 텐데 이 판결은 달랐다. 원고가 재판 과정에서 낸 탄원서 때문이었다. 원고가 판결을 알기 쉬운 용어로 써달라고 요청한 것이다. 어려운 용어를 전달하기 쉽지 않은 수어통역의 현실을 고려한 요청이었다. 판사는 고심 끝에 화답했다. 이러한 요청은 "장애인의 당연한 권리"라면서, 헌법과 UN장애인권리협약의 정신에 따라 이지리드Easy-Read 방식으로 최대한 쉽게 판결 이유를 추가로 작성한 것이다.

이 판결의 가장 특별한 점은 [이유] 첫머리에 덧붙여진 [쉬운 말로 요약한 판결문의 내용]이다. 판사는 여기에 자신이 고민한 점을 밝힌 뒤(쟁점 정리), 그림을 활용한 비유를 동원해가며 판단 과정을 쉽게 설명했다(이지리드 방식).

다음 두 그림에서 왼쪽과 같은 상황에서는 발 받침대가 있더라도 키가 작은 사람은 경기를 관람할 수 없다. 평등원칙을 위배한 상황으로 볼 수 있다. 하지만 판사는 이 사건이 왼쪽 그림이 아닌 오른쪽 그림에 해당한다고 보았다. 오른쪽 그림에서 세 사람의 발 받침대 높이는 모두 같지만(그래서 키가 큰 사람에게 더 유리할 수는 있지만) 세 사람 모두 경기를 관람하는

평등원칙 위배

이 사건의 경우

데는 지장이 없다. 판사는 이 사건이 발 받침대가 경기 관람에 장애가 되지 않는 높이에 있는 상태, 즉 장애로 인한 취업 장벽이 해소된 상태로 보고 평등원칙을 위반하지 않았다고 판단했다.[99] 이지리드 방식으로 판결을 작성한 것이 못내 쑥스러운 듯 판사는 "다소 아쉬운 점도 없진 않겠으나 첫 시도인 만큼 너그럽게 받아주셨으면 합니다"라고 덧붙였다.

이 판결에서는 판사가 소송을 제기한 원고를 마주하고 원

---

99 다만 판결에서는 이 경우에 해당하는 그림을 제시하지는 않았다. 이 글에서는 이해를 돕기 위해 그림을 그렸다.

고의 상황을 이해하려 애쓰며 말을 건네고자 노력했다. 판사 자신의 필요 때문(예컨대 판사가 스스로 돋보이고자 하는 것)이 아닌 원고의 요청에 응답한 점이 특히 평가할 만하다. 물론 파격적인 형식의 이 판결이 최선이었는지에 대해서는 별도의 논의가 필요하다. 하지만 판사의 말대로 '너그럽게' 볼 필요가 있지 않을까?

판결을 알기 쉽게 만들고자 하는 시도는 이전부터 꾸준히 이어져 왔다. 판사도 판결을 최대한 '짧고 쉽게' 작성하고자 노력하고 있다. 예전에는 판결문 한 페이지 내내 쉼표나 마침표를 찾아보기 어려워 '숨넘어간다'는 소리를 들었다.[100] 예전 판결은 '❶ A라는 점 ❷ B라는 점 ❸ C라는 점 등을 종합하여 보면 △△라고 할 것이다'라는 식으로 작성되었다. 문장을 끊지 않고 점-점-점으로 길게 늘였다(이렇게 계속 내용을 쌓아가는 문장을 '시루떡 문장'이라고 한다). 하지만 최근에는 두괄식, 짧은 문장으로 판결을 작성하고 있다.

---

100 조백건, "판결문서 '시루떡 문장' '고며고며 타령' 잡초 뽑듯 빼자", 《조선일보》, 2016년 2월 12일.

영화평론가 이동진이 봉준호 감독의 영화 〈기생충〉을 본 뒤 한 줄 평을 남겼다. "상승과 하강으로 명징하게 직조해 낸 신랄하면서 처연한 계급 우화." 그의 한 줄 평에 사람들은 불평했다.[101] "무슨 뜻이냐?", "명징은 뭐고 직조는 뭐냐?", "한 문장에 여덟 개의 한자어를 쓰는 게 말이 되냐?", "쉽게 쓸 수 없었느냐?" 그가 언어를 압축적으로 부려 영화를 한 줄로 고급스럽게 요약한 것만은 분명했다. 문제는 어려웠다는 것이다. 그의 영화평을 마주한 이들은 난색을 표현할 수밖에 없었다.

판결도 마찬가지이다. 알기 쉽게 정비할 필요가 있다. 별다른 의문 없이 쓰던 습관을 새삼스럽게 돌아본다는 것은 만만한 일이 아니다. 깊은 고민과 많은 노력이 필요할 것이다. 그러나 그것이 나아가야 할 방향이니 차근차근 실천해 가면 되지 않을까 생각해 본다. 아울러 나는 궁금해진다. 서울행정법원 사건에서 패소한 원고가 항소했다. 이 판결을 받은 2심의

---

101 최서진, "'명징하게 직조해 낸…' '기생충' 한 줄 평이 몰고 온 논란",《매일 경제》, 2019년 6월 4일.

제3부 인간적인 너무나 인간적인   213

문장은 어떨까? 마찬가지로 이지리드 방식을 차용할까? 아니면 보통의 판결처럼 할까? 서울행정법원의 시도가 일회성 파격이 될지, 새로운 질서를 만들어 낼지 궁금해진다.[102]

---

102 2심은 2023. 11. 22. 선고되었는데, 별다른 문장을 더하지 않고 1심의 문장을 인용하며 항소를 기각하였다.

자존심

책임감의 다른 말

> "(반대의견의 비판은) 다수의견을 오독한 것이거나
>
> 근거가 없는 비판이다."[103]

미당 서정주가 김동리를 만났을 때의 이야기이다.[104] 김동리가 세심히 매만진 습작시 한 편을 미당에게 들려줬다. "꽃이 피면 벙어리도 우는 것을." 미당이 무릎을 탁 쳤다. "멋지다. 과연, 절창이다." 칭찬을 쏟아내는데 그럴수록 김동리가 부루퉁해졌다. 어리둥절해하는 미당에게 김동리가 말했다.

---

103 대법원 2021. 9. 9. 선고 2017도19025 전원합의체 판결 중 다수의견에 대한 대법관 김재형, 대법관 천대엽의 보충의견.

104 이 일화는 이후 이시영의 〈젊은 동리〉라는 시로 다시 탄생했다. 구체적인 내용은 최일남(1983). "[최일남이 만난 사람들] 시인 서정주씨의 안 잊히는 날들",《신동아》, 3월호에 에피소드가 적혀 있다.

"이 사람아, '꽃이 피면'이 아니라 '꼬집히면'이다."

미당의 속없는 칭찬은 오해 때문이었기에 김동리는 더 자존심이 상했을 테다. 그래서인지 김동리는 시 쪽으로는 더 쳐다보지 않고 산문 쪽으로 갔다고 한다(어안이 벙벙해진 미당도 시보다는 산문을 권유했다고 한다). 그는 이후 소설가가 되어 교과서에도 실린 『무녀도』, 『역마』, 『등신불』 등을 썼다.

미당이 그나마 감탄했기에 김동리가 부루퉁한 데 그칠 수 있었다. 만약 상대가 오해와 오독에 기반하여 내가 정성을 들인 주장이나 논리를 비판한다면 자존심 때문에라도 받아들이기 쉽지 않을 것이다. 경우에 따라서는 적극적으로 반박할 필요도 있겠다.

하지만 자존심의 표현에도 수위가 있다. 상대를 점잖게 타이르는 데서부터 격하게 꾸짖는 데까지. 재판과 판결은 서로의 논리 싸움이다. 특히 전원합의체 판결에는 대법관들의 상호 비판이 자주 등장한다. 나는 대법관들이 작성하는 판결이라면 그 반박이 당연히 점잖고 얌전할 것이라고 생각했다. 착각이었다. 대법관들의 자존심은 생각보다 더 높았다. 그래서

인지 이들의 공방은 날이 시퍼렇게 서 있을 정도였다.

동영상 공유사이트(A)에 저작권자의 허락 없이 영화나 드라마 등이 게시글로 올라왔다. 이를 잘 알고 있는 사람(피고인)이 동영상 공유사이트의 링크를 자신이 만든 별개의 사이트(B)에 올렸다. 이에 따라 사람들은 B사이트에서 영화나 드라마를 검색해 링크를 누르면 바로 A사이트의 동영상을 시청할 수 있게 되었다(피고인은 이를 통해 광고수익을 얻었다). 이때 피고인이 사람들에게 '링크'를 제공한 행위가 저작권자의 전송권 침해를 '방조'한 것으로 볼 수 있는지가 관건이 되었다. 링크는 영화나 드라마 그 자체가 아니라 '링크하고자 하는 웹페이지 등의 위치 정보나 경로'일 뿐이다. 피고인이 링크를 사이트에 올린 것만으로 그에게 죄를 물을 수 있는지 전원합의체가 열려 대법관들 사이에서 논쟁이 벌어졌다.

다수의견에서는 피고인을 벌주어야 한다고 했다. 그의 링크 제공 행위가 저작권자의 전송권 침해 '방조'에 해당할 수 있다고 본 것이다. 반대의견에서는 그렇지 않다면서, 다수의견의 견해에 따르면 자칫 방조의 범위가 지나치게 넓어질 수 있음을 경계했다. 그러자 다수의견에 대한 보충의견에서 반대의견에 날카롭게 맞섰는데, 그 표현이 볼만하다. 이 글 첫머리의 문장이 바로 보충의견에서 주장한 내용의 일부이다.

"이 사건은 방조 개념의 확장 문제와는 관계가 없는데도, 반대의견은 이 사건을 전혀 다른 맥락으로 파악하고 있다. … (반대의견의 비판은) 다수의견을 오독한 것이거나 근거가 없는 비판이다."

보충의견에서는 반대의견이 다수의견의 뜻을 오해를 넘어 '곡해'하고 있다는 표현까지 덧붙였다. 표현의 수위가 제법 높다. 반대의견에 대한 보충의견에서도 가만있지 않았다. "(반대의견은) 다수의견에서 지적하는 것처럼 다수의견을 곡해하거나 오독한 것이 아니다"라며 재반박에 나섰다.[105] 이처럼 치열한 공방이 이 판결에서 이어졌다.

---

[105] 대법원 2021. 9. 9. 선고 2017도19025 전원합의체 판결 중 반대의견에 대한 대법관 노태악의 보충의견

언젠가 기사에서 대법관들의 전원합의체 판결 논의에 대해 다룬 적이 있다. 기사를 그대로 옮겨본다. "점잖고 실력이 뛰어나기로 소문난 한 정통 법관 출신 대법관은 취임 뒤 주심을 맡은 첫 전원합의체 사건 심리 첫날 다수의 대법관과 얼굴을 붉히며 논쟁을 한 뒤 이튿날 대법관 전용 식당에 나타나지 않았다는 이야기가 회자될 정도다."[106] 그래서 판단 과정에서 논쟁이 뜨겁다는 사실은 알고 있었다.

하지만 판결에도 이토록 투명하게 논쟁의 수위, 더 정확하게는 판사의 자존심 수위가 드러날 줄은 몰랐다. 나는 신기하면서도 감탄했다. 누군가는 싸움의 '뒤끝'이라고 생각할 수도 있겠지만 나는 그렇게 보지 않는다. '책임감'이라 이해하는 것이 더 합당한 평가라고 생각한다. 심리 이후에 겸상하지 않을 정도로 격론을 벌이고, 상대의 주장에 날 선 비판을 굳이 판결에 남기는 것은 모두 사건에 대해 진심이기 때문이다. 판사는 자신이 신중하게 세운 논리와 체계가 정당하다고 믿

106 　김선식, "'지금 저한테 뭐라고 하셨어요?' 대법관들 얼굴 붉히며 논쟁 벌이기도",《한겨레》, 2014년 9월 21일.

는다. 아니, 그렇게 믿을 때까지 사건을 파악하고자 한다. 그러므로 판사가 세운 논리와 체계는 그가 보기에 관철되어야 '옳은 것'이다. 어떤 이유로든 상대를 설득하지 못했다면 그것은 판사에게 '자신의 책임을 다하지 못했다'는 의미로 받아들여질 수 있다.

나는 판결에서 판사의 자존심이 녹아든 문장을 좋아한다. 누군가는 생각보다 거칠고 거세다고 할지 모른다. 하지만 나는 그 뒤에 숨겨진 책임감을 무겁게 여긴다. 따라서 판사에게는 자존심을 더 세우라고 권장하는 것이 마땅하지 않은가 생각해 본다. 자존심, 아니 책임감 덕분에 판사들이 더 치열하게 생각하고 논의한다면 그 혜택은 우리 모두가 볼 수 있기 때문이다.

버릇
직업적 습관

"~라고 보인다.", "~라고 판단된다."

셜록 홈스의 모델이라고 알려진 의사 조지프 벨Joseph Bell은 사람을 관찰하는 데 일가견이 있었다. 상피병elephantiasis을 앓고 있다는 초진 환자가 모자를 쓴 채로 진료실로 들어왔다. 조지프 벨이 슬쩍 보더니 대뜸 말했다. "군대를 다녀오셨군요." "그렇습니다." "제대한 지는 얼마 지나지 않았고요?" "그렇습니다." "왕립 스코틀랜드 연대A Highland regiment셨죠?" "그렇습니다." "파견지는 바베이도스Barbados인가요?" "그렇습니다. 도대체 어떻게 아신 겁니까?"

조지프 벨은 모든 것을 알아낸 이유를 차근차근 설명했다. "공손한 태도이면서도 모자를 벗지 않았다는 것은 모자를 벗지 않는 군대에서의 버릇이 남아 있다는 뜻입니다. 제대한 지 오래되지 않았다는 뜻이기도 하고요. 상피병을 앓고 있다고 했는데, 이는 서인도제도에서 생길 수 있는 병입니다. 현재 왕립 스코틀랜드 연대가 그곳에 있고, 권위 있는 모습air of authority도 엿보였습니다. 그래서 스코틀랜드 사람이라고 짐작할 수 있었습니다."[107]

나는 '버릇'은 생각보다 감추기 어려워 저절로 드러난다고 믿는 편이다. 조지프 벨의 관찰이 적중했던 것도 상대방의 버릇이 무의식적인 행동으로 나타난 덕분이었다. 조지프 벨이 환자의 '군인' 시절 버릇을 눈치챈 것처럼 재판에서도 사람들의 버릇을 파악할 수 있다.

예컨대 처음 만난 이가 우리의 눈을 또렷이 집중해서 바라본다면, 부담스럽다며 대뜸 밀어내기 전에 조지프 벨처럼 우리도 그의 경력을 한번 묻는 것이 좋겠다. "혹시 대통령 경호관이셨나요?" 실제로 대통령 경호관은 작전 수행 중 돌발 상

---

[107] Arthur Conan Doyle, *Memories and Adventures*, Hodder & Stoughton Ltd. 1924.

황에 치밀하게 대비하기 때문에 상대방의 눈을 똑바로 보는 버릇이 있다고 한다. 신경을 곤두세워 거동이 수상한 자를 파악하는데, 그의 의도를 눈빛으로 알아채는 경우가 많기 때문이다.[108]

직업적 버릇 이야기에 검사, 변호사, 판사도 빠질 수 없다. 어느 검사는 아내와 아이 학원 문제로 이야기하다 의아함을 느껴 이렇게 말했다고 한다. "지난번에 한 이야기와 다른데 그 이유는 뭐야? … 이렇게 말이 달라지면 곤란해. … 솔직하게 이야기해 봐." 질문을 가장한 추궁의 끝은 아내의 꾸지람이었다고 한다. 어느 변호사는 일단 공감부터 하고 본다고 한다. "그러셨군요. 기분이 좋지 않으셨겠어요." 어느 판사는 판단하고 결론을 내리는 경향이 있어 초등학생 딸로부터 "판사처럼 말한다"라며 지적을 받았다고 한다. 어떤 말을 들으면 '옳다, 그르다' 평가하고 정리하여 결론을 내다 보니 나무람을 들었던 모양이다.

---

108   허진, "'대통령의 그림자' 경호관", 《중앙일보》, 2014년 9월 6일.

그렇다면 판결을 쓸 때도 판사의 버릇이 드러날까? 사건마다 검토해야 할 사항이 다르고 판단해야 할 내용이 다르니 판결이 제각각일 수 있다. 그렇더라도 무언가 판결에 남는 '판사의 지문' 같은 것이 있지 않을까?

당연히 있다. 나를 비롯한 판사들은 판결에 '~라고 보인다'거나 '~라고 판단된다' 등 수동 표현을 자주 쓴다. 사실 이것은 판결이 구어체로 작성되어야 한다는 원칙을 위반한 것이다. 하지만 현실적으로 자주 쓰게 되는, 판사의 버릇 같은 것이다. 굳이 수동 표현을 쓰는 것은 주어를 나타내지 않기 위함이다. '~라고 보인다'거나 '~라고 판단된다'는 수동 표현은 '이 법원이 ~라고 본다'거나 '이 재판부는 ~라고 판단한다'는 능동 표현으로 바꿀 수 있다. 하지만 법원이나 재판부를 주어로 삼아 이를 드러내는 것이 어색하다고 느껴 생략하다 보니 이런 수동 표현을 자주 사용하게 된다. 문제는 수동 표현에 익숙해지다 보니 내가 다른 문장에서도 수동 표현을 사용한다는 사실이다. 예컨대 '○○가 △△를 옮겼다', '○○가 △△를 예상했다'고 하면 될 것을 '△△가 옮겨지게 되었다', '△△가 예상되었다'는 식으로 문장을 쓰고 있는 것이다. 하지만 이래서야 ○○을 문장에 드러내지 않게 되어, '명확한 뜻을 수동 표현 뒤에 숨긴다'는 비판을 피하기 어렵겠다. 스스로도 뼈아픈 지적이다.

나는 직업적 버릇이 있다는 것을 평소 성실하게 업무를 하고 있다는 뜻으로 여긴다. 그만큼 업무에 몰입하고 루틴이 체화되어 있어서 무의식적 관성으로 몸과 마음이 먼저 반응하기 때문이라고 생각한다. 하지만 그 버릇에서 개선해야 할 점이 보인다면 새로운 습관을 들일 필요도 있다. 우선 나부터 수동 표현을 가급적 쓰지 않도록 노력하려고 한다. 물론 당장 효과가 날지는 확신할 수 없다. 이 글을 쓸 때도 수동 표현을 자주 썼다 지웠다 하는 걸 보면 제법 시간이 걸릴 것 같다. 차근차근 노력하다 보면 곧 나아지지 않을까 하는 기대를 조심스럽게 해본다.

법의, 법에 의한, 법을 위한

"재심을 개시한다."

판사에게 가장 필요한 덕목이 무엇일지 고민해 본 적이 있다.
일단 '호기심Curiosity'이 있을 수 있다. 사건과 당사자에 대
한 호기심이 있어야 더욱 사건에 파고들 수 있지 않을까? '도
전Challenge'도 필요하겠다. 어려운 사건을 맡았을 때 그 해
결책을 찾기 위해 동분서주하는 적극적 태도를 갖춰야 한다.
'집중Concentration'은 말할 것도 없다. 몰입해야 일의 효율도
올라가고 좋은 재판과 판결을 할 수 있을 테니까. '지속Con-
tinuation'도 놓칠 수 없다. 사건은 하나로 끝나는 것이 아니다.
다음 사건이 또 기다리고 있으니 지치지 않는 것이 중요하다.
그리고 '확신Confidence'을 가질 때까지 노력한 뒤 그 확신을

토대로 옳은 판단을 내려야 할 것이다.

하지만 나는 이러한 호기심, 도전, 집중, 지속, 확신보다 판사에게 더 중요한 덕목이 있다고 생각한다. 바로 '용기Courage'이다.

한漢나라 문제文帝 시절, 황제가 수레를 타고 다리를 지나던 중 시골 사람이 갑자기 다리 밑에서 뛰어나왔다. 수레를 끌던 말이 놀라자 병사들이 그를 잡았다. 황제는 당시 형벌 업무를 맡은 장석지에게 그의 처벌을 명했다. 시골 사람은 "황제의 수레가 지나간다는 소리를 듣고 다리 밑에 숨었다가, 이제 다 지나갔다고 생각해서 나왔을 뿐입니다"라며 구슬프게 말했다. 이 사건의 해결을 맡은 장석지는 황제가 출행할 때 앞을 막았다며 그를 벌금형에 처한다고 판결했다. 황제는 어이가 없어 장석지를 문책했다. "말이 놀라 내가 다칠 뻔하지 않았는가? 고작 벌금형이라니!" 장석지는 말했다. "법은 황제와 천하 모든 사람이 다 같이 지켜야 하는 것입니다. 황제께서 저에게 그를 넘기셨으니 저는 천하의 법을 공정하게 적용할 뿐입니다. 천하의 법이 한쪽으로 기울면 때로는 무겁고 때로는 가벼이 될 것입니다. 헤아려 주십시오." 황제는 고민 끝에 수긍했다.

역사서 『사기史記』는 한나라 시절 법을 다룬 장석지를 조명하면서 그의 원칙론을 다룬다.[109] 장석지의 일화는 앞서 적은 것 이외에도 여럿이 남아 있는데 모두 비슷한 내용을 다루고 있다. 법에 따라 궁궐에는 수레를 타고 올 수 없는데 태자가 수레를 타고 궁궐로 들어오자 이를 막고 미래 권력자인 태자를 감히 탄핵한다는 이야기나, 도둑이 선황을 모시는 사당에서 옥가락지를 훔치자 집안 식구를 모두 처벌해야 한다는 황제의 말을 듣지 않고 그 도둑만 처벌한다는 이야기가 그 예이다.

장석지의 일화에서 느끼는 그의 가장 큰 덕목은 지식이나 지혜가 아닌 용기이다. 장석지는 황제나 태자의 비위를 거스르면서까지 자신의 판단을 내세웠다. 당시 상황에 비추어 보면 자신의 안전이 위태로울 수도 있었다. 하지만 그는 떳떳하

---

109   사마천 지음, 김원중 옮김(2020). 『사기열전2』. 민음사.

고 당당하게 자신의 생각을 관철했다. 그리고 황제와 태자는 오히려 그를 인정하고 존중했다.

그렇다면 그가 가진 용기의 근원은 무엇이었을까? 장석지 스스로 말하는 바와 같이, 나는 바로 '법'이 그의 떳떳함과 당당함을 뒷받침한다고 생각한다. 황제와 천하 모든 사람이 다 같이 지켜야 하는 것, 어느 쪽으로 기울지 않아 누군가에게는 무겁고 누군가에게는 가볍지 않은 것, 공정함과 공평함. 장석지는 법이란 그러해야 하고 자신은 그 법을 지키고 적용하는 역할을 한다고 생각했을 것이다. 용기란 결국 기본을 지키는 것이다.

오래전 장석지의 일화는 지금도 판사에게 의미가 있다고 생각한다. 법이란 무엇인지, 법조인은 무엇을 해야 하는지, 그리고 무엇보다 우리에게 법을 제대로 지킬 용기가 있는지를 생각하게 한다. 용기, 바로 기본을 지키는 것이 오늘날 판사에게도 필요한 덕목이 아닐까 한다.

우리는 지금도 판사의 용기가 담겨 있는 판결을 종종 본다. 이 글 첫머리에 적은 문장과 같이 "재심을 개시한다"라는 판결이 그 예일 것이다. 재심이란 확정된 판결에 하자가 있는 경우 그 판결을 취소하고 이미 끝난 소송을 되살려 다시 판단하는 것이다. 완성된 매듭을 풀어 다시 매듭을 짓는 것과 마찬가지이다.

재심에는 두 가지 용기가 필요하다. 판사의 과거 판단을 정면으로 바라볼 용기, 과거 판결에서 잘못이 발견될 때 이를 취소할 수 있는 용기. 쉽지 않은 일임을 안다. 하지만 고쳐 생각해 보면 '법'에 근거하여 사건을 추스르는 것이 생각만큼 어려운 일이 아닐 수 있다. 장석지가 그랬던 것처럼 법에 기대어 우리의 역할을 하는 것으로 충분하기 때문이다. '법에 근거하여 나의 역할을 한다'는 생각이 굳건하고 그렇게 실천한다면 그 자체로 '용기 있는 판사'이지 않을까?

여담으로 글을 맺는다. 이 글에서 판사의 덕목으로 꼽은 '호기심, 도전, 집중, 지속, 확신, 용기'는 2018년 노벨생리의학상 수상자 혼조 다스쿠 本庶 佑가 제시한 6C 원칙을 차용한 것임을 밝힌다. 그는 시대를 바꾸는 연구에 이 여섯 가지가 필요하다고 강조했다. 시대를 바꿀 수 있을지 없을지는 몰라도, 한 시대를 살아가는 이들의 문제를 판결하는 판사에게도 이런 원칙이 적용될 수 있지 않을까 생각해 본다.

에필로그 "10년, 다시 10년"

10년 전 첫 책을 냈었다. 그때도 10년을 채워서 책을 낸다고
했다. 법과대학에 입학했던 2004년부터 10년 동안 법 공부를
한 뒤, 처음 찍은 쉼표였다. 2014년 판사로 임관한 뒤, 다시
10년이다. 10년 동안 실무를 하고, 공부를 더 하고, 나름 스스
로 열심히 채워 넣은 뒤, 다시 쉼표를 찍어보았다.

쉼표를 찍는다는 의미는 돌아본다는 뜻이다. 첫 책을 냈을
때는 이제 실무에 첫발을 내디딘 나의 시선으로 '법'의 이론
적 모습과 지난 10년간의 공부를 돌아보았다. 이번에는 판사
로서 일을 본격적으로 해온 나의 시선으로, 판결의 속뜻과 지
난 10년간의 경험과 생각을 돌아보았다.

이번 돌아봄과 갈무리는 나에게도 새삼스러운 자극이었
다. 판사의 언어로 갈무리된 여러 판결을 28개의 키워드로 살
펴보면서, 나조차도 지나쳐 왔던 판사의 생각과 고민을 다시

금 들여다볼 수 있었다. 하나의 문장과 단어로 정제되기까지 있었던 판사의 고민과 성찰을 새삼 짚어보는 과정은, '판사란 누구이고, 판결이란 무엇인가'라는 쉽지 않은 질문에 대한 답을 찾아가는 여정이었다.

지난 10년 동안 판결은 느리지만 차근차근 발전해 왔다고 생각한다. 문장이 간결해지는 한편, 이지리드Easy-read 판결이 시도되는 등 판사의 부단한 노력이 더해졌다. 갈수록 복잡해지고 어려워지는 사건을 대하면서도 판결을 매만지는 작업을 멈추지 않은 것은, 법원과 판사가 당사자와 사회 구성원에게 다가서는 정성이었다고, 나는 이해한다.

그러나 여전히 갈 길이 멀다. 앞으로의 10년은 판결에서뿐만 아니라 재판 과정에서도 판사가 더 당사자에게 다가가는 과정이 될 것 같다. 어렵지만, 어쩌면 이것은 '판사'와 '판결'의 본질에 더 가까워지는 과정일 것이다.

판결은 근본적으로 '갈등 해결'을 위해 존재하고, 그 핵심은 '설득'이다. 그리고 설득의 가장 강력한 수단은 판결하는 판사의 됨됨이ethos일 테다. 단지 논증logos이나 감정pathos을 넘어, 판사의 성품, 인격 등이 뒷받침될 때, 판사와 판결이 존중받고 신뢰받을 수 있다.

이러한 판사의 됨됨이는 무엇보다 '판사가 재판을 대하는 태도 및 자세attitude'에서 드러날 것이다. 이를테면 이런 것이다. 재판을 겪은 변호사가 직접 뽑은 좋은 판사의 사례이다.

"관련 판례가 많이 누적되지 않은 사안(임에도) … 미리 빠짐없이 … 파악하고 예리한 석명을 … 하고, 그 과정에서 소탈하게 질의하고 답변을 경청하였으며, 판결의 방향, 판단 과정 등에 대한 의견도 효율적으로 제시하였음 … 분쟁의 제대로 된 해결을 위해 매우 적극적이었을 뿐만 아니라, 재판 진행 과정이나 그 결과도 설득력 있었음."[110]

사건을 미리 파악하는 성실함, 기록에 드러나지 않는 것을 바라보는 면밀함, 당사자와 서로 소통하며 사건의 해결 방향

---

[110] 서울지방변호사회의 2021. 12. 13.자 [보도자료] '2021년도 서울지방변호사회 법관평가 결과' 중 우수 사례 참조.

을 이야기하는 개방성 등, 마치 군자君子를 보는 것처럼, 좋은 판사에게 요구되는 덕목은 많다. 이러한 덕목을 골고루 갖춘 판사가 되는 것은 쉽지 않겠지만, 그만큼 무거운 책임감이 있기에 추구할 만한 일이겠다. 덧붙여 아마 이러한 덕목이 사람 판사와 AI 판사의 가장 큰 차별점일 수 있겠다는 생각도 해본다.

지난 10년, 이번 10년은 '옳은 법', '좋은 판결'을 이야기해보았다. 다음 10년은 '좋은 판사'를 이야기할 수 있으면 좋겠다. 물론 나부터 시작이다. 좋은 판사가 되는 길은 무척 고될 것이고, 나는 여전히 부족하고 모자라지만, 더 나아지기 위해 용기내어 정진하고자 한다.

감사의 글

법원은 제가 일하는 곳이자 성장하는 곳입니다. 법원에 계신 선후배, 동료들과 같은 일을 하고, 함께 걸어간다는 것은 정말 저의 큰 복입니다. 제가 더 나아지고 있다면 모두 여러분 덕분입니다. 무한한 신뢰와 존경, 그리고 감사의 마음을 새삼스레 보냅니다. 덧붙여 이 책에서 살펴본 판결을 쓰신 대법관님들, 판사님들께 특히 감사드립니다. 여러분 덕분에 스스로를 새삼 돌아보며 다시금 다잡을 수 있었습니다.

가족들에게 감사의 마음을 전합니다. 가족들의 사랑과 신뢰는 모든 것의 근원입니다. 특히 아내의 전적인 지지는 마음의 위안이 되는 동시에 앞으로 걸어갈 용기를 갖게 합니다.

동아시아 출판사는 든든하기 그지없습니다. 한성봉 대표님과의 인연은 이미 오래되었지만, 스스럼없이 대해주시는 마음 씀씀이에 언제나 감동합니다. 김선형, 문혜림, 홍기표 편집인으로 이루어진 편집팀은 말 그대로 드림팀이었습니다. 덕분에 이 글은 초고에 비해 환골탈태할 수 있었습니다. 저는 지금도 편집팀의 '응원한다'는 말을 잊지 못합니다. 편집팀의 응원 덕분에 저는 그저 판결을 전달하는 캐스터에서 제 목소리를 내는 해설자가 될 수 있었습니다.

교정교열을 맡아주신 김대훈 님과 안상준 부장님, 장상호 디자이너 님, 최세정 님께도 감사의 말씀을 드립니다. 덕분에 글이 훨씬 매끄러워지고 책이 다채로워질 수 있었습니다. 특히 안상준 부장님은 10년 만에 함께 다시 작업하게 되다니 감회가 남다릅니다. 이 책을 통해 서로의 10년 안부를 전한 듯해 무척 뭉클했습니다. 모두 감사드립니다.

추천사를 흔쾌히 써주신 장일호 작가님, 임선지 부장님, 유형웅 판사님께 깊은 감사의 말씀을 올립니다. 장일호 작가님의 『슬픔의 방문』은 제가 무척 닮고 싶은 글이었고, 임선지 부장님, 유형웅 판사님은 법원 생활 동안 제가 좇고자 하는 모범이셨습니다. 세 분의 귀한 글을 받을 수 있어 무척 영광이었습니다.

마지막으로 책을 선택하고 읽어주신 독자 여러분께 진심으로 감사드립니다. 법, 판결이 딱딱하고 무거운 소재인 것을 잘 압니다. 그럼에도 이 책을 고르고 읽어주신 것은, 저에게는 큰 기쁨입니다. 아무쪼록 판결에 대해 더 편하게 느끼시는 계기가 되셨길 바라봅니다.

2024년 1월

손호영

판 사 의 언 어,

◻

판 결 의 속 살

판사의 언어, 판결의 속살

판사란 무엇이며, 판결이란 무엇인가?

초판 1쇄 펴낸날	2024년 2월 7일
초판 3쇄 펴낸날	2024년 8월 8일
지은이	손호영
펴낸이	한성봉
편집	최창문·이종석·오시경·권지연·이동현·김선형·전유경
콘텐츠제작	안상준
디자인	최세정
마케팅	박신용·오주형·박민지·이예지
경영지원	국지연·송인경
펴낸곳	도서출판 동아시아
등록	1998년 3월 5일 제1998-000243호
주소	서울 중구 필동로8길 73 [예장동 1-42] 동아시아빌딩
페이스북	www.facebook.com/dongasiabooks
전자우편	dongasiabook@naver.com
블로그	blog.naver.com/dongasiabook
인스타그램	www.instargram.com/dongasiabook
전화	02) 757-9724, 5
팩스	02) 757-9726

ISBN	978-89-6262-053-5 03810

※ 잘못된 책은 구입하신 서점에서 바꿔드립니다.

만든 사람들

총괄 진행	김선형
편집	문혜림·홍기표
교정 교열	김대훈
크로스교열	안상준
디자인	페이퍼컷 장상호
본문 조판	최세정